DÉBORA OTONI + *amigas*

De Maria até Nós

Mulheres do Novo Testamento: suas vidas, nossas histórias

Copyright © 2022 por Débora Otoni

Edição original por Vida Melhor Editora. Todos os direitos reservados.
Todos os direitos desta publicação são reservados por Vida Melhor Editora LTDA.

As citações bíblicas são da *Nova Versão Internacional* (NVI), da Bíblica, Inc., a
menos que seja especificada outra versão da Bíblia Sagrada.

Os pontos de vista desta obra são de responsabilidade das autoras, não refletindo
necessariamente a posição da Thomas Nelson Brasil ou de sua equipe editorial.

Publisher	*Samuel Coto*
Editora	*Brunna Castanheira Prado*
Estagiária editorial	*Camila Reis*
Preparação de texto	*Daniela Vilarinho*
Revisão	*Jaqueline Lopes* e *Leticia Castanho*
Diagramação	*Sonia Peticov*
Projeto gráfico, ilustrações e capa	*Luna Design*

Dados Internacionais de Catalogação na Publicação (CIP)
(BENITEZ Catalogação Ass. Editorial, MS, Brasil)

M285   *De Maria até nós*: mulheres do Novo Testamento – suas vidas,
nossas histórias
organização Debora Otoni. – 1.ed. – Rio de Janeiro: Thomas
Nelson Brasil, 2022.

ISBN 978-65-56892-99-3

1. Bíblia – Novo testamento. 2. Mulheres cristãs. 3. Mulheres
cristãs – Conduta de vida. 4. Mulheres cristãs – Oração e
devoção. 5. Mulheres cristãs – vida cristã.

07-2022/09   CDD: 248.843

Índice para catálogo sistemático:
1. Mulheres cristãs: Vida cristã   248.843

Bibliotecária responsável: Aline Graziele Benitez CRB-1/3129

Thomas Nelson Brasil é uma marca licenciada à Vida Melhor Editora LTDA.
Todos os direitos reservados à Vida Melhor Editora LTDA.
Rua da Quitanda, 86, sala 218 — Centro
Rio de Janeiro — RJ — CEP 20091-005
Tel.: (21) 3175-1030
www.thomasnelson.com.br

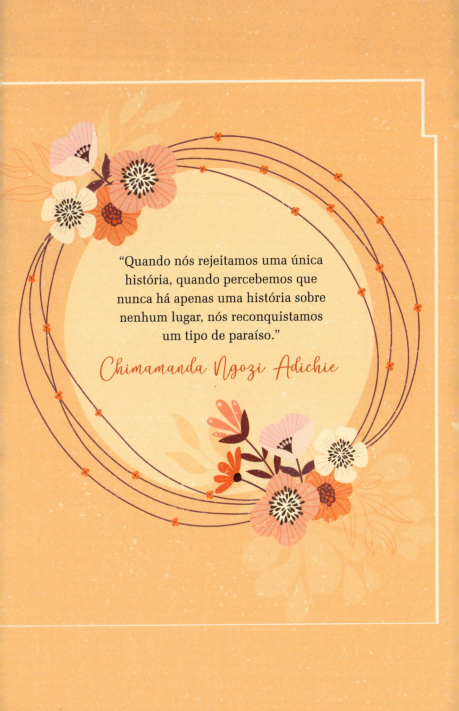

"Quando nós rejeitamos uma única história, quando percebemos que nunca há apenas uma história sobre nenhum lugar, nós reconquistamos um tipo de paraíso."

Chimamanda Ngozi Adichie

Sumário

Apresentação 9

Prefácio 11
por Luiza Nazaretth

Prefácio 13
por Fabiane Luckow

Meu Deus jurou 17
por Leane Barros

A virgem e o começo do fim 20
por Ana Staut

Artífice 27
Por Elisa Cerqueira

Deus meu, Deus meu... 31
por Raquel Araújo

A noiva de Caná 34
por Raquel Araújo

O quadro da minha vida 41
por Tâmara Damaceno

Ainda sou útil 46
Por Natalia Assunção Lago

Viúva de Naim 50
Por Ana Staut

Deixando para trás o lenço da vergonha 55
Por Juliana Santos

Financiadoras do Reino 60
Por Amanda Costa

Doze hemorrágicos anos 65
Por Andreia Coutinho Louback

Prazer, Talita! Só que não! 71
Por Leandra Barros

No tilintar dos meus quadris 76
Por Mari Aylmer

Manchete de segunda chance 82
Por Andreia Coutinho Louback

Migalhas 86
por Jaquelini de Souza

Aos pés da esperança 94
por Luiza Amâncio

Marta, Marta 98
Por Elisa Cerqueira

Bendita é a mulher que exclamou! 103
Por Tâmara Damaceno

Eu envergo, mas não quebro 107
Por Leane Barros

A mulher sem nome 111
Por Katleen Xavier

A grande descoberta 114
Por Leandra Barros

Nove não são dez 118
Por Natalia Assunção Lago

Eu aqui de novo 124
Por Débora Otoni

Ter 129
Por Ana Beatriz Paes

A noiva e a candeia 135
Por Ana Staut

Mulher parindo 139
Por Priscila Gomes Souza

Em sonho 145
Por Ana Beatriz Paes

Às margens, os portões 151
Por Ana Beatriz Paes

A primeira anunciadora 157
Por Ana Staut

Diário de uma viagem 162
Por Amanda Costa

Depois do último capítulo 171
Por Elisa Cerqueira

Aquela que costurou a morte 176
por Sara Gusella

Rode 183
Por Sara Gusella

Moluscos, vazio e o encontro com a esperança 187
Por Sara Gusella

Existência inconveniente 192
Por Elisa Cerqueira

Naturalmente ensinar 199
Por Priscila Gomes Souza

Sobre quem somos, o que buscamos e o que expomos 205
Por Mari Aylmer

A protetora de Paulo 209
Por Leandra Barros

A primeira missionária 214
Por Katleen Xavier

Todas elas juntas num só ser 218
Por Débora Otoni

A caixinha de Carrara 222
Por Karine Oliveira

A carta da alegria 229
Por Karine Oliveira

Querido diário, que vergonha! 234
Por Karine Oliveira

A esposa submissa 245
Por Raquel Araújo

Jovem corpo quente 250
Por Débora Otoni

É daqui que eu vim 255
por Leane Barros

Um e iguais 261
Por Débora Otoni

**Café coado, pão de queijo e uma
conversa necessária** 265
*Por Raquel Araújo, com participação
de sua avó Ilka Otoni*

Uma breve carta 274
por Raquel Araújo

O último casamento 279
Por Raquel Araújo

As autoras 284

Apresentação

Finalmente viramos a página em branco. *De Maria até nós* reconta a história das mulheres do Novo Testamento respondendo sempre as perguntas: "E se elas pudessem ter contado suas próprias histórias? Como seria? O que elas contariam?" Colocamos nossas lupas e abrimos nossos ouvidos para conhecer e imaginar as histórias e preciosidades que essas mulheres tinham para nos mostrar.

Para além das personagens conhecidas e com nomes aparentes, trouxemos também as anônimas e as figuradas, as das entrelinhas e as das beiradas. Tem as mulheres sozinhas e as que andaram em bando. Acho que chegamos a fronteiras incríveis e inimagináveis.

Além de mim, outras vozes femininas se juntaram a este projeto para dar vida e novas perspectivas sobre as mulheres que você sempre ouviu falar — e sobre aquelas que você nunca imaginou que existiam.

Aproveite a leitura e curta a jornada. E nunca se esqueça: sua trajetória importa. Sua história tem parte, vez e voz na grande História que está sendo escrita. (*Don't take it for granted*[1] — nunca sei falar isso em português!)

Divirta-se!

Débora Otoni

---

[1] "Não deixe de valorizar isso."

Prefácio

Por **Luiza Nazareth**

Fazemos parte de uma longa tradição de mulheres fortes que ousaram se entregar por completo para participar da grande história de amor de Deus pela sua criação. Essas mulheres não eram fortes no sentido que hoje compreendemos como força. Algumas eram consideradas velhas demais, outras, jovens demais. A maioria passou toda a vida marginalizada. Mas elas eram fortes, pois deram o passo mais difícil para um ser humano depois da queda: se render ao seu Criador de corpo e alma.

A fé simples e total dessas mulheres foi essencial para a história da salvação de toda humanidade. Por causa da fé delas, o filho de Deus foi gerado, pessoas foram batizadas para um novo caminho, o túmulo foi testemunhado vazio ao terceiro dia, a ressurreição do Cristo foi proclamada, casas foram abertas para hospedar as reuniões dos primeiros cristãos e o evangelho foi levado aos quatro cantos do mundo.

Nem todos os principais personagens da verdadeira e mais importante história estão nomeados nas Escrituras. Mas creio que, quando o reino do nosso senhor Jesus for revelado, nos surpreenderemos com aqueles e aquelas que irão receber a maior glória por terem se deixado transbordar por Ele.

Este livro apresenta, de forma sensível, a perspectiva feminina de acontecimentos corriqueiros que encontramos nas páginas da Bíblia. Dar voz a essas mulheres é um privilégio e uma responsabilidade que as autoras exerceram com primazia. Que nossos corações sejam tocados e inspirados pela poesia, sensibilidade e ternura da voz de mulheres tão fortes do Novo Testamento para que continuemos a correr, com perseverança, fé e entrega, a corrida que nos foi proposta como parte da missão do nosso Cristo.

Prefácio

Por **Fabiane Luckow**

"A graça era a linha pela qual Cristo costurava a minha vida às das outras pessoas à minha volta."

É assim que a Dorcas, de Sara Gusella, antevê a ligação entre as histórias aqui contadas e que agora se entrelaçam com nossas vidas. A graça é a linha que une todas essas histórias, de mulheres tão diferentes entre si e tão diferentes de nós.

Em cada texto temos o encontro da personagem com a escritora. O resultado é a sobreposição de seus universos, de suas vivências. O texto, ao final, não é apenas sobre uma ou outra, mas uma intersecção de ambas, na qual somos convidadas a também contribuir. Lemos o texto a partir de nosso próprio cotidiano, com nossas vidas e corpos atravessados pelas histórias e pelos mundos nos quais nos movemos. Ao mesmo tempo, se assim tivermos disposição e vulnerabilidade, somos também lidas por cada texto, nos identificando com a fragilidade e força de suas personagens.

Este livro, bem como o anterior, *De Eva a Ester*, não apenas celebra a vida e o testemunho das mulheres presentes nos relatos bíblicos, mas visibiliza a presença e a contribuição delas na grande história do povo de Deus. Além disso, dá voz para mulheres cristãs contemporâneas, que, em sua espiritualidade cotidiana, tecem teologias diversas.

A teóloga católica Ivone Gebara nos ensina que as epistemologias da vida ordinária, ou seja, o conhecimento de vida que vamos adquirindo ao longo de nossa jornada, mesmo

nos eventos mais banais e repetitivos, carregam e ensinam saberes importantíssimos para a vida. Geralmente, cabe às mulheres a coragem de elaborar, compartilhar e anunciar esses saberes, não por uma simples questão de capacidade, mas por uma necessidade visceral de, a partir do fio da graça, amarrar pontas, tricotar histórias, costurar mundos e tecer sonhos de vida abundante. Os textos aqui reunidos carregam, ponto a ponto, esses saberes.

Permita enredar-se nesses registros, em vulnerabilidade e força, atributos comuns a todas essas mulheres e também a toda pessoa que se entende humana e frágil diante do Deus que é tudo. Que estes textos inspirem você a contar e celebrar a sua própria história, a medida que ela vai sendo escrita no livro da vida. O convite do Espírito sopra em nossos ouvidos e toca nosso coração também hoje: "Vamos costurar então!"

Meu Deus jurou

por **Leane Barros**

"Existiu, no tempo de Herodes, rei da Judeia, um sacerdote chamado Zacarias, da ordem de Abias, e cuja mulher era das filhas de Arão; e o seu nome era Isabel. E eram ambos justos perante Deus, andando sem repreensão em todos os mandamentos e preceitos do Senhor. E não tinham filhos, porque Isabel era estéril, e ambos eram avançados em idade."

Lucas 1:5-7

Avançada em dias e estéril, o anjo veio
Eu desconfiei sem motivo
O silêncio tomou minha casa após a incredulidade revelada
Sempre tem um canto dentro de nós com coisas tão
escondidas que chegamos a esquecer.

Ele jamais faria em vão
Não escolhe sem propósito
Não ergue sua voz sem motivo
Apesar de velhos ainda faltava amadurecer
Andar irrepreensíveis não basta
É preciso confiar quando Ele diz

Agora uma criança nada em meu ventre
E salta de alegria ao reconhecer o Salvador

A criança veio ao mundo, se chama João
Anda no deserto, prepara o caminho
Batiza o mestre

Eu me chamo Isabel, mas pode me chamar de "Meu Deus
jurou"
E quando Ele jura, é melhor crer.

MEU DEUS JUROU fala de Isabel, estéril e casada com o sacerdote Zacarias, quando, ambos já em idade avançada, são visitados pelo anjo Gabriel, que anuncia que Isabel ficará grávida. Ela concebe João Batista, primo de Jesus e aquele que prepara o caminho do Senhor. Seu nome pode significar "casta", "pura", "Deus é juramento", "Meu Deus jurou". Sua história é citada no livro de Lucas, no Novo Testamento.

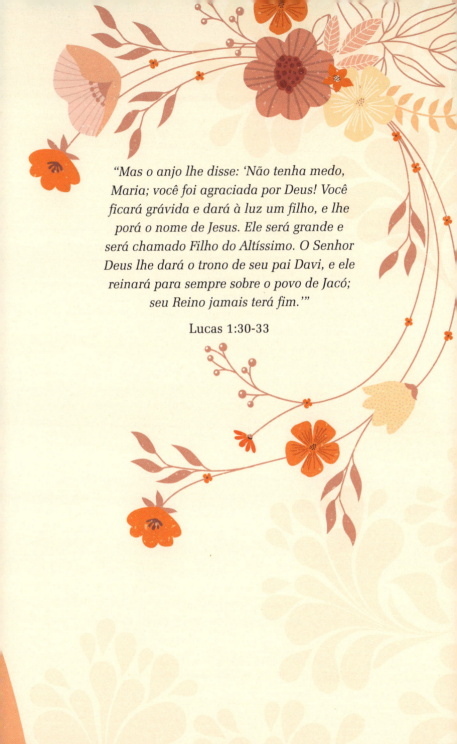

"Mas o anjo lhe disse: 'Não tenha medo, Maria; você foi agraciada por Deus! Você ficará grávida e dará à luz um filho, e lhe porá o nome de Jesus. Ele será grande e será chamado Filho do Altíssimo. O Senhor Deus lhe dará o trono de seu pai Davi, e ele reinará para sempre sobre o povo de Jacó; seu Reino jamais terá fim.'"

Lucas 1:30-33

Estávamos em uma estrebaria. O teto e as paredes eram de madeira, lascados pelo tempo, as vigas cobertas de palha e tijolos de barro em ruínas revelavam a grama de uma colina. Nenhuma hotelaria abrira as portas, nenhuma casa oferecera abrigo.

Suor escorria pelo meu rosto, minhas costas e peito. A dor... o resto do mundo poderia desaparecer com aquela dor, cortando, desfazendo e criando. Fiz força e empurrei, perdi a noção do tempo. Algo estava errado. Não era para ser assim. Não havia panos limpos, água ou parteira. José me encarava com os olhos arregalados, apoiando meu corpo e sussurrando palavras impossíveis de compreender.

Meu grito soou como um rosnado e os animais do pequeno abrigo se assustaram, mugindo e cacarejando para fora. Minhas pernas latejavam, e senti algo quente e fluido escorrer pela palha no chão.

O anjo havia errado. A missão era grande demais.

Não havia mais força quando o último suspiro saiu de minha boca e minha barriga se contorceu, a pressão lacerante quebrando meu corpo. Eu havia falhado. Morreria de uma exaustão consumidora em uma estrebaria de Belém.

O sereno fino pingava pelas frestas do telhado quando chorei. "Senhor, porque me abandonaste?"

José disse algo, mas o zumbido em meus ouvidos estancava o som. Os barulhos dos animais tinham cessado, até o irritante ritmo da goteira nos fundos tinha desaparecido. Senti medo, uma angústia em ser tocada pelo terror. Senti medo de não ser o suficiente.

Sombras cobriram meus olhos e procurei por alguma luz, por uma vela queimando, algum norte ou foco. As lágrimas escorriam ecoando meu desespero, e busquei, clamei.

Na parede direita, onde havia uma pequena janela que mostrava o céu, uma estrela brilhou tão forte quanto a própria lua. O astro deflagrou, ardendo a escuridão e irrompendo o mundo com um poder vespertino.

— Maria — ouvi.

Sua voz era como o vento, como a chuva que cai na manhã de seca.

— Maria!

O firmamento rompeu. Não havia espaço ou tempo. Não havia chão de terra batida ou telhado de palha sob as nossas cabeças. A luz invadiu cada fissura da realidade, iluminando e queimando.

Pude ver com meus próprios olhos. Um imenso jardim e duas árvores com longos ramos e folhas coloridas, tão longas que formavam um arco-íris pela terra. Pude ver o mar se abrindo, o gosto de bolos de mel e o cheiro dos incensos. Um gigante desmoronando, uma coroa e cachos alaranjados, a harpa entoando canções e carregando pelos ares uma arca de ouro puro. Vi as asas de um pássaro branco descendo, o rosto de um homem cheio de fardos e a tristeza que ameaçava o mundo. Pude ver um cordeiro, forte e saudável, correndo com seu pastor em uma colina verdejante.

Mas uma sombra invadiu a grama vivaz e a morte se espalhou pelo campo, crescendo pelas terras até engolir o filhote, a vida, a colina. Tentei ajudá-lo, mas meus pés não se mexiam. Corvos grasnavam, lobos escarneciam, e eu estava prestes a afundar na desesperança, quando o breu foi perfurado por uma espada de espinhos.

O cordeiro se levantou, pulando na colina, correndo de volta ao seu senhor que lhe aguardava. Os olhos do pastor me encontraram, cheios de compaixão e amor. Sua boca se abriu e as palavras marcaram minha alma:

— Maria, estou e estarei contigo.

Meu coração foi preenchido por calor, e fui carregada pelo Altíssimo de volta ao chão de terra batida e à estrebaria com telhado de palha.

Revivi.

Um choro fraco e doce invadiu a noite iluminada pela estrela.

Aquele choro distante me fez piscar. Uma, duas vezes. José chorava, sorrindo como eu nunca havia visto.

— Nasceu, Maria! Ele nasceu!

E em meus braços estava meu filho. Envolto em uma coberta cinza de lã, o bebê rosado chorava, as pequenas mãos enroscando meus cabelos.

Entre lágrimas, contei o número dos dedos das mãos e pés. Chequei as orelhas, o nariz, a pequena boca. Me perdi na alegria que explodia o meu peito. Era tão frágil e dependente, um milagre.

— Perfeito — sussurrei. — José, ele é perfeito.

— Sim. — Ele riu, beijando minha testa, meu rosto. — Ele é.

Gerado em meu ventre, o Logos tinha bochechas coradas e fome. Amamentei, ignorando a dor de sua boca inexperiente. E eu soube.

Estávamos aqui pela graça de Deus, vivos, graciosamente quebrantados. Meu peito se encheu de temor e a visão pulsou em meu coração. O início da vida, as histórias dos nossos antepassados e o futuro tinham se passado diante dos meus olhos. O peso da verdade se acomodou em minha alma, gerando uma semente de fé, medo e júbilo.

A hora chegaria, tão breve quanto esse momento de graça. Tê-lo era abrir mão.

O pequeno bebê, vulnerável em meus braços, se tornaria o homem que transformaria o mundo. Aquele que transformaria a mim, Maria. A angústia ousou retornar, o egoísmo e o medo de entregá-lo lutou para criar raízes em meu âmago.

Mas, ali, eu sabia. Meu maior presente era meu chamado, mas não havia chamado sem deixar que o Cordeiro trilhasse seu caminho para ferir a escuridão com sua espada de espinhos.

Deixei que o calor da presença afastasse o frio do destino.

Meu filho, mas antes, a estrela da vida.

— Como iremos chamá-lo? — José perguntou.

A pequena mão tocou meus dedos.

— Jesus — sussurrei. — Ele será chamado Jesus.

MARIA foi uma mulher judia escolhida por Deus para ser a mãe de Jesus. Era virgem quando ficou grávida pela ação do Espírito Santo. Isso aconteceu quando ela estava noiva de José e aguardava o rito do casamento, que tornaria a união formal. Casou-se com José e o acompanhou a Belém, onde Jesus nasceu..

Artífice

Por **Elisa Cerqueira**

"Estava ali a profetisa Ana, filha de Fanuel, da tribo de Aser. Era muito idosa; havia vivido com seu marido sete anos depois de se casar e então permanecera viúva até a idade de oitenta e quatro anos. Nunca deixava o templo: adorava a Deus jejuando e orando dia e noite. Tendo chegado ali naquele exato momento, deu graças a Deus e falava a respeito do menino a todos os que esperavam a redenção de Jerusalém."

Lucas 2:36-38

A equação perfeita toma forma. Mistura de barro com o infinito. O tudo com o nada. O sublime deságua na criatura que toma forma, cor e personalidade. Imagem imperfeita que tenta imitar o espelho. E sem pressa, enfim, envia a imagem e dá-lhe fôlego. Cria o pó para eternidade, e da eternidade se faz pó. Sem impaciência para resolução, sem correr pra chegar no final. O universo todo descansando nos meus braços.

    Minhas rugas contrastam com sua pele macia, o tempo entre nós me faz saber que você não mora nele. Minha eloquência e sua inabilidade de racionalizar, que paradoxo fascinante. E quando você aprender a falar, não estarei mais aqui para ouvir. Mas talvez, então, já esteja morando no seu tempo. Quem sabe entendendo a existência de forma integral, quando você finalmente me segurar no colo.

Um bebezinho, tão grandioso, tão pequeno. Que eu chamo de pai desde criança. Meu coração bate apressado, perplexo, deslumbrado; você ouve, mas não diz para me acalmar. Porque você ainda não sabe que há muito tempo o desenhou. Meu olhar guarda, pintado, as águas que estão para sair de lá. Mas minhas lágrimas você já conhece. Porque você sempre esteve aqui, mesmo só chegando aqui agora.

Quem pode explicar-te? Quem pode explicar-me? Você é o artífice que diz as palavras e elas se tornam matéria. Mas ainda precisa aprender a falar. E agora eu entendo que não posso entender. Pra você não há urgência de falar, de andar, de salvar, pois sua história não é linear. Você nos faz livres para descobrir tudo aquilo que você já sabe. Mas, na minha hora, ainda vai aprender.

Calculo reflexões, preparo meu próximo verbo, mas estou sob a custódia das minhas limitações. Restrita ao espaço do aqui e agora. À árvore só a memória de ser semente. O passado ensinando que o presente é mais fácil de lembrar. E os anos nos fazem carregá-los nas costas, e curvados aprendemos humildade. De curvada te dou melhor aconchego. Espaço perfeito para o presente. Um bebêzinho.

Você ainda não sabe, mas conhece o caminho onde se repartem as águas; o instante onde a luz se inicia. Você alimenta a vida em todos os seres e escolheu ser como todos e provar a morte. Origem do amor mais imensurável, dos sentimentos mais puros e dos sonhos mais singelos; um bebezinho. Eu seguro você, você segura em mim. Nesses poucos instantes, minha vida inteira. Você chora alto enquanto choro baixinho. Sua mãe vem vindo, e meu pai também. Bem-vindo ao meu mundo, eu te aguardo do seu.

ANA era uma judia idosa que profetizou sobre Jesus no Templo de Jerusalém. (Lucas 2:36-38)

Deus meu, Deus meu...

por **Raquel Araújo**

"Herodes ficou furioso quando descobriu que os sábios o tinham enganado. Mandando soldados a Belém, ele ordenou que matassem todos os meninos de dois anos de idade para baixo, tanto na cidade como nos arredores, de acordo com a informação que havia obtido dos sábios. Essa ação brutal de Herodes cumpriu a profecia de Jeremias: 'Ouve-se um choro triste, amargo, em Ramá, Raquel está chorando pelos seus filhos. Ela não quer ser consolada, porque todos os seus filhos já não existem'."

Mateus 2:16-18

Não é justo que uma mãe perca seu filho. Não é natural. Rasguei meu corpo para que ele nascesse. Agora, minha alma está despedaçada porque ele se foi.

Foi arrancado de mim. De forma tão cruel por alguém mais cruel ainda.

DEUS MEU, DEUS MEU, POR QUE ME DESAMPARASTE?

Era meu filho, inocente, doce. Meu bebê.

Minha casa agora é silêncio. É tristeza. É revolta.

Sua risada e suas primeiras palavras foram arrancadas de mim. Sua bagunça nas refeições. Seus primeiros passos. O jeitinho que olhava pra mim quando acordava. Sua mãozinha me segurando pra dormir.

Nosso presente e qualquer possibilidade de futuro se foi. Não vou ver meu menino ir para a escola. Não vou ver seus gols nas competições. Não vou vê-lo virar adolescente. Não vou poder chamar sua atenção nem fazê-lo passar vergonha.

DEUS MEU!

Meu filho se foi nas mãos de um déspota.

O que meu bebê fez pra merecer esse fim?

Tão pequeno.

Tão frágil.

DEUS MEU!

E essa dor que me restou? Meus olhos vivem encharcados. O sofrimento é meu companheiro diário. Meus ombros pesam. Minha respiração não se regula. Minha cabeça não encontra sossego.

Ao mesmo tempo que sinto toda a força da fúria, me sinto só o pó. Meu filho. Meu bebê.

DEUS MEU! POR QUÊ?

Quem sou eu agora? Como devo me chamar? Uma mãe sem filho. Vazia. Arrasada. Uma mãe rasgada.

SALVA-ME, SENHOR. Livra-me deste mundo mau. Envia o Messias para nos redimir desta escuridão.

Que toda mãe tenha seu filho a salvo.

E que este filho salvo seja nossa salvação.

AS MÃES SEM NOME são mulheres cujos filhos foram assassinados durante o reinado de Herodes, todos meninos com menos de dois anos, mortos pela proximidade de idade com o menino Jesus. Sem saber onde estava o Messias, o rei ordenou a matança para "garantir" que o Rei prometido dos judeus fosse morto e não ameaçasse seu reinado.

A noiva de Caná

por **Raquel Araújo**

"Três dias depois, houve um casamento em Caná da Galileia, achando-se ali a mãe de Jesus. Jesus também foi convidado, com os seus discípulos, para o casamento. Tendo acabado o vinho, a mãe de Jesus lhe disse: 'Eles não têm mais vinho.' Mas Jesus lhe disse: 'Mulher, que tenho eu contigo? Ainda não é chegada a minha hora.' Então, ela falou aos serventes: 'Fazei tudo o que ele vos disser.' Estavam ali seis talhas de pedra, que os judeus usavam para as purificações, e cada uma levava duas ou três metretas. Jesus lhes disse: 'Enchei de água as talhas.' E eles as encheram totalmente. Então, lhes determinou: 'Tirai agora e levai ao mestre-sala.' Eles o fizeram. Tendo o mestre-sala provado a água transformada em vinho (não sabendo donde viera, se bem que o sabiam os serventes que haviam tirado a água), chamou o noivo e lhe disse: 'Todos costumam pôr primeiro o bom vinho e, quando já beberam fartamente, servem o inferior; tu, porém, guardaste o bom vinho até agora.' Com este, deu Jesus princípio a seus sinais em Caná da Galileia; manifestou a sua glória, e os seus discípulos creram nele."

João 2:1-11 (ARA)

Esta não é uma história sobre casamento. Talvez, ao ler o título, você inferiu que fosse. Me desculpe. Errou. Não é. Esta é uma história sobre mim, pessoa, única. Pelas metades até quase o final da história. Mas, ao final, uma pessoa inteira.

Quando tudo começou, eu era uma metade. Um fragmento. Um pedaço de algo que eu pensava ser completo. Eu me garantia como completa. Iludida pelas minhas capacidades e conquistas, pensava que tinha tudo o que precisava e queria. Mas era partida. Uma partícula.

Quanto mais despedaçada eu vivia, mas me imaginando inteira, menos eu pensava em outras pessoas. Não cabia em quem, ou melhor, no que eu era. Eu pensava que, pela minha agenda e afazeres, coitada. Mas não cabia mais ninguém porque eu não era inteira.

Até que ele apareceu. Todo diferente de mim. Também se achando um completo. Era outro pedaço. Um completo despedaçado.

Cada um na sua, fomos nos aproximando, até que cada um estava no outro. Pelo outro. Criando espaço por dentro e por fora para que o outro habitasse.

Mas eu era incompleta, lembra? Ele também, mas essa história é sobre mim.

Como eu arrumaria um espaço em uma casa não construída?

Pintei umas paredes por dentro, de qualquer jeito, e disse que sim. Era oficial. Eu, despedaçada, me acreditando e fazendo acreditar como inteira. Realmente acho que ele acreditou.

No começo é fácil manter a pose de preenchida. Passa uma maquiagem aqui. Pensa antes de falar ali. Enche o dia de afazeres acolá. Eu era boa nisso.

Só que, tal como um odre, só sai de dentro de mim aquilo que eu tenho. De mim não saía inteireza. Só saíam metades. Pedaços. Fragmentos.

Até que não saiu mais nada. Nem uma partícula a mais pra contar história.

Mas minha história não é sobre um romance com um cara. É sobre uma transformação.

Porque eu não estava só. Havia Alguém o tempo todo interessado nos meus pedaços. Alguém que sabia como eu poderia ser inteira. Alguém que não se importava com o meu vazio.

E foi Ele que me encheu. Longe dos holofotes, dos olhares. Só eu e Ele. Com o mais normal e corriqueiro. Água. Tão simples. Mas extremamente essencial. Esse Alguém tem mesmo essa fama de usar o ordinário para suprir tudo aquilo que mais precisamos.

Quando Ele me encheu, imaginei que era aquela a sensação de ser inteira. Mas não terminou aí. Ele me pegou no colo. O que eu estava sentindo até então se intensificou. Quanta paz! Cheia do que era dele. Nos braços dele. O que poderia ser melhor? O que mais poderia acontecer?

Geralmente, quando essa pergunta é feita, algo a mais acontece.

E aconteceu.

Algo muito estranho e inesperado aconteceu.

Ele começou um movimento estranho. Ele foi me virando até que eu derramasse o que Ele mesmo havia me dado. O maior desconforto que já vivi foi se apossando dos meus sentidos.

Por que Ele me encheria da sua água pra me derramar?

Quando vi, o que saía de mim não era água. Era vinho.

Olhei para Ele.

Vi a cruz.

Eu, agora, era inteira.

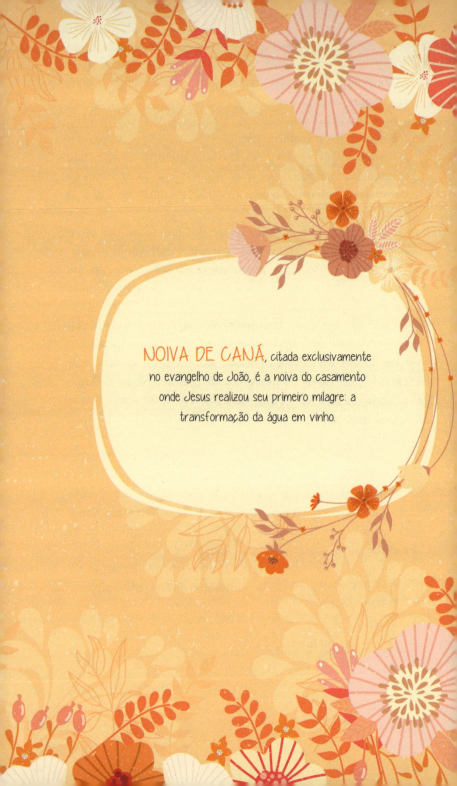

NOIVA DE CANÁ, citada exclusivamente no evangelho de João, é a noiva do casamento onde Jesus realizou seu primeiro milagre: a transformação da água em vinho.

O quadro da minha vida

por **Tâmara Damaceno**

"Ele chegou a uma cidade da Samaria, chamada Sicar, que ficava perto das terras que Jacó tinha dado ao seu filho José. Ali ficava o poço de Jacó. Era mais ou menos meio-dia quando Jesus, cansado da viagem, sentou-se perto do poço. Uma mulher samaritana veio tirar água, e Jesus lhe disse: 'Por favor, me dê um pouco de água.'"

João 4:5-7

Se aquele dia fosse um quadro, nele teríamos pintado com aquarela um poço feito de pedras brutas, espessas e acinzentadas. Perto do poço teria uma mulher com um balde nas mãos e um homem de vestes empoeiradas da estrada encostado nele, como se estivesse descansando de uma longa jornada. O homem parece falar algo calmamente e a mulher o escuta com um semblante de curiosidade e espanto. A iluminação da pintura sugere um dia quente, mas com um frescor sutilmente capturado pelo que parece ser o balançar das folhas na árvore ao lado do poço. Esse é o quadro da minha vida.

Aquela que. em um dia comum. foi buscar água e teve a graça de encontrar o Cristo no poço, sou eu. Depois daquele encontro, minhas idas ao poço nunca mais foram iguais. Uma atividade rotineira que era executada sem muito pensar, num movimento natural das coisas que pertencem à rotina da vida. Assim eram as idas ao poço.

A eternidade irrompeu minha rotina com presença profética e divina. O som da voz que me pedia água quebrou o silêncio que envolvia aquela atividade. Vim observando-o de longe enquanto me aproximava do poço, afinal é importante estar sempre atenta pelas ruas de Sicar. O pedido vinha de um judeu, e aquilo me causou um enorme espanto. Fiquei assustada e cheguei a pensar que o intenso calor podia estar me causando alucinações. Mas ele me olhava com doçura, e isso me impulsionou a perguntar incredulamente: "O senhor está falando comigo?" Judeus não falam com pessoas como eu, e essa realidade estruturava os silêncios da minha rotina.

Após alguns instantes de conversa, perguntei sobre o balde para pegar a água viva, pois reparei que não tinha nada em suas mãos. Desde o início da inesperada conversa eu havia observado esse detalhe. Ele não tinha um balde. Eu falava com ele sobre a água que o poço podia fornecer e ele me falava da vida que a todos veio dar. Foi assim, em um encontro ao meio-dia de uma semana de intenso calor, que meus olhos viram Jesus — o Cristo.

Eu, sem saber, ansiava por algo que estava acontecendo naquele exato momento. Não em Jerusalém, mas em Samaria. Não com palavras difíceis e rodeios sem sentido, mas doce e acessível. A fonte de águas vivas é terna e veio até a mim. Eu, mulher e samaritana, fui vista, falei e fui ouvida pelo Deus encarnado. Que honra! Ele me viu onde ninguém me via. Ele não parou nas prerrogativas de quem eu era para a sociedade que nos cercava: uma samaritana com histórico de relações questionáveis. Me desvelou com a sua verdade e trouxe a saciedade que minha alma buscava desorientadamente em relações pueris.

Uma presença eterna que me comunicou com clareza tudo que em mim era angústia e questionamento. Ele gentilmente usou o cenário em que estávamos inseridos para que eu pudesse compreender aquilo que me faltava. A água e a sede foram os elementos que conduziram nossa conversa sobre a eternidade que nele habitava. Um Deus homem num poço conversando comigo. Um paradoxo do que era aceitável. Silêncios e ausências eram palavras que se entrelaçavam como uma trama na minha vida. Mas Ele chegou, cessando tudo que em mim era silêncio, e inundou o meu ser com suas palavras.

"Então Jesus declarou: Eu sou o Messias! Eu, que estou falando com você." João 4:26

A MULHER SAMARITANA é citada no evangelho de João. Foi a mulher que, após um único encontro próximo a um poço, reconheceu que Jesus era o Messias.

Ainda sou útil

Por **Natalia Assunção Lago**

"A sogra de Simão estava acamada com febre, e logo lhe falaram dela. Então, aproximando-se, tomou-a pela mão, e a levantou. A febre a deixou, e ela os servia."

Marcos 1:30-31

Eu queria viver.

Tremores de frio se apossaram do meu corpo. Os suores impregnavam em minha pele, banhavam as minhas vestes, agravando o incômodo. Eu estava suja e doente. Pouco se podia fazer.

Mas eu não queria partir.

Não quando um novo tempo surgia, minha vida caminhava para a próxima estação. O verão, a primavera e o outono eram etapas passadas. O inverno traria o sopro do entendimento do Todo-poderoso. Eu pedia aos céus que os meus feixes de trigo não fossem recolhidos antes do tempo.

Eu queria viver.

Cada ruga, as cicatrizes e os fios brancos de cabelo compunham a minha coroa de esplendor. Ainda existia beleza em mim. Envelhecer nunca foi um castigo. Eu estava confortável quanto a isso, pois os anos aumentavam o patrimônio da sabedoria. No inverno da vida, os dias começam a ser contados, por sua vez, mais bem vividos. Aquilo que antes era urgente, na maturidade fica para outra hora. Já não precisamos de tantas coisas e nossos entes passam a ter cada vez mais importância.

Eu queria muito viver.

Ter a alegria de conhecer todos os meus netos. Os filhos dos meus filhos embelezariam a minha coroa como pedras preciosas. Ainda existia vigor no meu corpo. Eu não duvidava que a rocha que me sustentava era justa, minhas forças se multiplicariam e eu seria como o cedro no Líbano, onde os ramos são viçosos.

Contudo, além da bênção de ver a própria descendência florescer e frutificar, eu poderia ser útil com minhas qualidades. Glorificar ao grande Eu Sou com louvores, orações e atos.

Muito mais que viver, eu queria servir.

Os suores e tremores aumentaram. Aos poucos eu perdia a consciência. Ouvi uma voz distante dizendo algo sobre chamar Jesus.

Jesus.

A sua fama corria por todos os lugares da redondeza.

Ele curava os enfermos e expulsava os demônios. Havia profundidade em sua fala, muita autoridade. Simão, meu genro, andava com Ele.

Tudo que eu precisava era crer que Jesus era o Messias, aquele que nos salvaria.

Mesmo com a visão brumada, notei Ele se aproximar do meu leito. Sua mão se estendeu. Eu também estendi a minha. Tudo foi tão rápido! Já não existia febre no instante em que o carpinteiro de Nazaré me ajudou a ficar de pé.

O milagre aconteceu!

Eu viveria a minha última estação ciente de que aquele que curava no sábado ensinava-nos que a vida sempre estaria acima dos preceitos.

Imediatamente servi a Ele e seus discípulos.

Esse foi o modo que encontrei de expressar minha mais profunda gratidão.

A cura da SOGRA DE SIMÃO foi um dos milagres de Jesus, registrada nos Evangelhos sinóticos (Mateus 8, Marcos 1 e Lucas 4).

Viúva de Naim

Por **Ana Staut**

"E, vendo-a, o Senhor moveu-se de íntima
compaixão por ela e disse-lhe: 'Não chores.'
E, chegando-se, tocou o esquife (e os que o
levavam pararam) e disse: 'Jovem, eu te digo
Levanta-te.' E o defunto assentou-se e começou
a falar. E entregou-o à sua mãe. E de todos
se apoderou o temor, e glorificavam a Deus,
dizendo: 'Um grande profeta se levantou entre
nós, e Deus visitou o seu povo.'"

Lucas 7:13-16

Em Naim, Deus havia me dado vida, e em Naim, Deus havia tomado de volta.

Noite tinha virado dia, e minhas juntas doíam quando as vizinhas me encontraram, prostrada no chão de terra da casa, implorando ao Pai Celestial que dissesse o motivo de tanto sofrimento.

Tornar-me viúva arrancou parte do meu coração. Perder meu único filho exigiu o resto.

As mulheres me colocaram de pé, ajeitando as sandálias em meus pés, a túnica velha em meu corpo e o véu em minha cabeça. Pude ver a pena em seus olhos, o julgamento em suas testas franzidas.

O que eu teria feito para merecer tanto sofrimento? Tanta punição?

A pergunta ecoava em minha mente. A solidão era aterrorizante, o pesar como vento seco batendo em meu rosto. O sol estava a postos. Homens, mulheres e velhos conhecidos me esperavam do lado de fora, recebendo-me com o silêncio.

Não havia mais o que dizer. O choro tinha ensopado o meu véu, as lágrimas abundantes como os poços de água ao sul do monte Moré.

A caminhada curta até o local dos túmulos poderia muito bem ser o trajeto mais longo que já tinha percorrido, meus pés pesados e cansados. Ao meu lado, erguido em um esquife de madeira por dois homens, estava meu filho coberto por panos. A razão parecia ter abandonado o mundo ao levá-lo tão novo, tão saudável. Eu ainda podia vê-lo cuidando das ovelhas no pasto, contando histórias às crianças da vila sobre um grande dilúvio e uma arca cheia de animais selvagens.

Ele seria enterrado sem nenhum perfume ou honraria, só minha dor se derramaria em sua cova. Desejei acordar do pesadelo. O ar era como veneno em meus pulmões e minha cabeça doía, tudo doía. Desejei estar no lugar dele, disposta a me render ao frio da morte para que meu filho pudesse sentir o sol em seu rosto mais um dia.

O futuro que me aguardava não era só de pobreza e esmolas, mas de miséria de vida.

Os passos às minhas costas cessaram subitamente e pequenos suspiros escaparam da multidão. Procurei pelo que tinha causado a comoção e me deparei com um homem de pele queimada pelo sol e olhos gentis. Ele havia subido pela colina, mas minha angústia me impediu de notá-lo diante de nós, interrompendo a procissão.

Mal reparei nos companheiros que o seguiam, porque o homem se aproximou e disse:

— Não chores.

Meus dedos e pés formigaram; uma estranha paz inundou meu coração.

Seu olhar era como uma brisa suave e uma comida quente, como se a própria *shalom* tivesse decidido tomar forma e andar pela Galileia. Ele viu tudo que havia em mim: o sofrimento, o medo, a solidão, a descrença. Viu e tocou minha alma.

O homem, então, alcançou o esquife, ignorando a confusão de todos.

— Jovem — disse ele ao meu filho morto. — Levanta-te.

Perdi o ar, arrebatada.

E meu filho voltou à vida.

Corri até ele, arrancando os panos de seu rosto antes mesmo que o baixassem até o chão. Coloquei-me de joelhos, chorando e sorrindo ao ver seus olhos lentamente se abrindo, sua respiração retornando e sua expressão desconfiada surgindo, como se tivesse acordado de um sono profundo sem saber onde estava. Chorei e sorri.

Dentre o povo pasmo e admirado, algumas pessoas se prostraram, outras começaram a dançar ao entoar louvores. Até mesmo os amedrontados se encheram de temor, juntando a voz aos hinos de glória.

Abracei meu filho, incapaz de compreender o que havia acontecido, mas certa de que o próprio Deus havia nos visitado. Toquei seu rosto, seus cabelos, orei ao Senhor, trêmula, reverente.

Em meio à comoção, procurei pelo homem do milagre e o encontrei sendo abraçado por velhos e crianças.

Rendi graças.

Em Naim, Deus havia visto minha dor, e em Naim, seu servo havia transformado morte em vida.

A VIÚVA DE NAIM é mencionada em Lucas 7:11-17. Na passagem, Jesus estava vindo de Cafarnaum quando avista uma procissão fúnebre e, ao sentir compaixão pela viúva, agora sem o único filho, milagrosamente ressuscita o rapaz. Em uma cultura em que a mulher sem marido e sem filhos é desprezada, Jesus a viu em seu momento de necessidade.

Deixando para trás o lenço da vergonha

Por **Juliana Santos**

"Convidou-o um dos fariseus para que fosse jantar com ele. Jesus, entrando na casa do fariseu, tomou lugar à mesa. E eis que uma mulher da cidade, pecadora, sabendo que ele estava à mesa na casa do fariseu, levou um vaso de alabastro com unguento; e, estando por detrás, aos seus pés, chorando, regava-os com suas lágrimas e os enxugava com os próprios cabelos; e beijava-lhe os pés e os ungia com o unguento. Ao ver isto, o fariseu que o convidara disse consigo mesmo: 'Se este fora profeta, bem saberia quem e qual é a mulher que lhe tocou, porque é pecadora.'"

Lucas 7:36-39 (ARA)

Final de tarde, eu voltava de mais um dia exaustivo. Porém nada era tão cansativo quanto aqueles olhares. Olhares julgadores. Bastava abrir a porta de casa. Era sempre a mesma coisa. Cobria minha cabeça, mas a vontade sempre era de desaparecer. Não eram apenas olhares, alguns sussurravam palavras como:

— Lá vai ela, a mulher pecadora!

"Quanto tempo que não escuto o meu nome!"

Cabeças meneavam de um lado para o outro, julgavam tão alto em seus pensamentos que eu quase podia ouvi-los. Até que naquele final de tarde senti algo diferente. Todos corriam, havia uma atmosfera de novidades. Não sabia ao certo, mas ouvi comentários de que receberíamos uma visita na região. Não era um mestre da sinagoga e muito menos celebridades romanas. Era Ele! Jesus! Sim, Jesus!

Não pude conter minha alegria ao saber dessa notícia! Nunca pude me aproximar dele! Só ouvira falar do seu amor. Um dia, vi de longe seu olhar de compaixão. Pelos comentários eufóricos, descobri que o jantar seria na casa de Simão, mas eu nunca seria convidada.

"Se ao menos eu pudesse beijar os seus pés!"

Foi nesse momento que tive uma ideia, ousada e impetuosa.

Cheguei em casa e olhei para o frasco. Estava ali, intocável. Era o que eu tinha de mais valor, ideal para ocasião. Aquela era minha única oportunidade, e eu daria tudo naquele momento!

Seria ele, o vaso de alabastro!

"Sim, vou ungi-lo! Talvez seus pés! Vou agora! Nada me impedirá!"

Aprontei-me e procurei não ouvir as vozes dentro de mim, querendo me amedrontar.

Apenas fui.

Ao entrar na casa, recebi vários olhares. Olhares acompanhados de pensamentos altos, todos jogando o meu pecado em minha cara. Simão parecia indignado, desacreditado. Eu, uma pecadora, *a* mulher pecadora em sua casa? Nem mesmo isso pôde me impedir. Entrei e me ajoelhei aos pés do Messias. Minhas mãos estavam trêmulas, quase não conseguia abrir o frasco. Assim que o abri, derramei todo aquele perfume em seus pés. Tirei o lenço, o mesmo que ajudava todos os dias a me esconder; meus cabelos se desprenderam e foi com eles que sequei os pés do Senhor. Naquele momento, ajoelhada, senti o seu amor, seu terno amor e compaixão. Ensaiei palavras, mas só saíram lágrimas. Não era digna, muito menos merecedora, mas experimentei esse amor constrangedor e uma paz nunca sentida.

Ainda não conseguia falar, continuava a chorar diante daquele homem. Não queria perder o momento. Ele falava algo com Simão, algo sobre amor e perdão.

Logo ouvi o que Ele me disse, em alto e bom som. Todos ouviram também, pois notei a expressão de espanto nos rostos dos convidados.

As palavras eram doces, e sua voz, firme:

— Seus pecados estão perdoados.

Aquilo era demais para os meus ouvidos; diante de todos fui perdoada!

Eu estava me levantando e colocando novamente o lenço da vergonha quando ouvi algo que me fez entender que me esconder não era mais necessário.

— Sua fé te salvou, vá em paz!

Deixei o lenço, a vergonha e o passado para trás.

Me levantei e, diante daquelas pessoas, segui em paz.

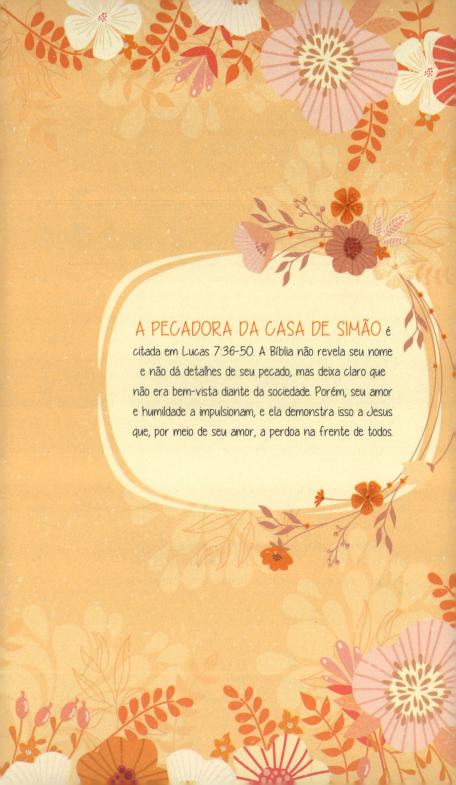

A PECADORA DA CASA DE SIMÃO é citada em Lucas 7:36-50. A Bíblia não revela seu nome e não dá detalhes de seu pecado, mas deixa claro que não era bem-vista diante da sociedade. Porém, seu amor e humildade a impulsionam, e ela demonstra isso a Jesus que, por meio de seu amor, a perdoa na frente de todos.

Financiadoras do Reino

Por **Amanda Costa**

"E Joana, mulher de Cuza, procurador de Herodes, Suzana e muitas outras, as quais lhe prestavam assistência com os seus bens."

Lucas 8:3 (ARA)

Suzana e eu amamos acompanhar Jesus, a presença dele faz com que queiramos ir para tudo quanto é canto.

Ele é tão doce, agradável e realmente valoriza a nossa presença! Em um mundo patriarcal, contaminado por um machismo que insiste em dizer que as mulheres não são importantes, Jesus apresenta uma postura completamente diferente.

Ele sempre chega com um sorriso suave nos lábios, nos olha com ternura e nos envolve num abraço aconchegante! Esse homem tem um cheiro peculiar, mas bem atrativo: ele exala o aroma de pão fresquinho que acabou de sair do forno!

Seu cheiro não é a única coisa que me atrai...

Jesus é leve, amável, inspirador, gentil, feliz, encantador, bonito, humilde, contagiante, alegre, influente, manso, cativante, atencioso, criativo, intuitivo, trabalhador, visionário, fiel, educado, inteligente, acolhedor, amoroso, paciente, estratégico, sábio, ousado, sensível, majestoso, decidido, caridoso, terno, confiante, pacífico, bondoso, descontraído, fofo, carismático, tranquilo, sincero, iluminado, divertido, apaixonado pela vida e cheiooooo dos denguinhos!

Ufa, a "real-oficial" é que me faltam adjetivos para descrever a personalidade do mestre, ele é tão bom que às vezes parece que foi criado para algo além deste tempo...

Jesus nos ensina a ter uma postura caridosa. Apesar da opressão do Império Romano, ele sempre nos diz para olhar o mundo com amor, misericórdia e graça. Lembro quando ele pregou:

"Digo a vocês: amem seus inimigos. Não esperem retorno das suas doações nem da ajuda que prestarem. Garanto que nunca irão se arrepender. Assumam sua identidade, criada por Deus. Procurem imitá-lo! Vejam como ele se relaciona conosco, como ele é generoso e bondoso, mesmo quando fazemos o mal. Sejam bondosos uns para com os outros, pois o nosso Pai age com bondade com vocês."[1]

Às vezes, penso que seria incrível ter poderes mágicos para colocar Jesus num potinho e guardá-lo dentro de uma caixinha só para mim! Mas logo paro de graça e lembro que o mundo precisa ter acesso à maravilhosa presença desse ser iluminado!

Não me leve a mal, você sabe, né: quando *gostamos* de alguém, queremos ficar coladinhas, bem pertinho desse alguém... Mas com Jesus, estou aprendendo a *amar*. Percebi que quando o **gostar** evolui para **amar**, oferecemos liberdade e fazemos de *tudo* para que a pessoa VOE!

Esse é o meu sentimento por Jesus, um amor tão intenso que me faz querer vê-lo voando, brilhando e transformando cada pessoa que tiver a sorte de cruzar seu caminho.

Eu queria fazer algo para potencializar o ministério de Jesus, mas não podia fazer sozinha. De repente, tive uma grande ideia! Decidi chamar minha amiga Suzana e apresentei meu plano maluco:

— E se a gente, como mulheres prósperas que somos, patrocinarmos o ministério de Jesus e de seus discípulos?

Afinal de contas, estava na hora de mulheres fortes, corajosas e inteligentes desafiarem o *status quo*, contestarem a ordem sexista dominante e desobedecerem as normas limitadoras impostas por uma sociedade engessada.

Minha mana é mais doida do que eu e topou logo de cara! Decidimos investir os nossos próprios bens, recursos e riquezas para apoiar a missão de Jesus e de seu bonde: os

---

[1]Lucas 6:35-36, *A Mensagem*

doze discípulos. No fundo, no fundinho, nosso objetivo era único: queríamos que mais pessoas sentissem o cheiro gostosinho de *maná assado* que exala da presença do mestre!

Assim como Jesus nos encontrou, queremos que ele encontre outras almas perdidas, vazias e que estão vagando sem rumo por esse mundão. Nós vamos fazer de tudo para que mais pessoas possam se arrepender de seus pecados e sejam transformadas em amor pelo nosso *Rabbi*.

A missão é ousada, mas nós somos mais. Estamos engajadas na causa e decidimos investir não apenas o nosso dinheiro, mas nossas próprias vidas para fazer o rolê acontecer.

> *"A diversão e o pão andam juntos, E o vinho dá brilho à vida — Mas é o dinheiro que faz o mundo girar."*
> Eclesiastes 10: 19, *A Mensagem*

O ministério de Jesus foi sustentado financeiramente por algumas mulheres ricas, como JOANA, casada com Cuza, homem de posição respeitável no governo de Herodes Antipas (governador da província da Galileia), e a admirável, adorável e graciosa SUZANA. Elas são mencionadas em Lucas 8:3.

Doze ~~hemorrágicos~~ anos

Por **Andreia Coutinho Louback**

"Estava ali certa mulher, que, havia doze anos, vinha sofrendo de uma hemorragia. Ela havia padecido muito nas mãos de vários médicos e gastado tudo o que tinha, sem, contudo, melhorar de saúde. Pelo contrário, piorava cada vez mais. Tendo ouvido a fama de Jesus, a mulher chegou por trás, no meio da multidão, e tocou na capa dele. Porque dizia: 'Se eu apenas tocar na roupa dele, ficarei curada.'"

Marcos 5:25-28

Fraqueza — vergonha — odor — palidez — desesperança.

Um ciclo quase ininterrupto. Do amanhecer ao anoitecer, minha vagina emana sangue em um fluxo descontínuo. No início, era um vermelho vivo. Depois ficou marrom. Hoje é meio rosa, pois não há mais nutrientes suficientes no meu corpo. Estou à beira da morte lenta e gradual. Todos os dias eu acordo me perguntando: "Quanto tempo realmente falta?" É como contar gotas.

Às vezes é um jato, às vezes uma torneira. Eu jorro. Eu sangro.

Há d-o-z-e a-n-o-s. DOZE.

Pedi às mulheres da sinagoga que trouxessem seus panos de saco que não servem mais. Toda e qualquer ajuda é bem-vinda para estancar o que não se estanca. Fico pensativa sobre o que seria mais trágico. Não enxergar ou sangrar? Não andar ou sangrar? Não ouvir? Não falar? Não sentir cheiro? Todos os meus sentidos funcionam, exceto o meu ciclo anormal que, há doze anos, começou e não terminou.

A primeira vez que ouvimos o parecer de um médico, coincidentemente, eu tinha doze anos. Tão nova e tão iludida. Ele disse que era apenas uma mera "desordem inicial".

"Vai passar logo logo, tenho certeza. Não se preocupe e confie em mim", ele garantiu. Para a minha infelicidade, a medicina falhou em seu otimismo.

Anemia — fraqueza — vergonha — odor — palidez — desesperança.

Não podia ir à escola, não podia ir às festas de família. Eu aprendi a me esconder cedo. E cedo também fiquei conhecida como "a menina imunda". E depois de alguns anos, espalhou-se uma lenda de que tinha uma anomalia contagiosa. Nem mesmo as mulheres se aproximavam de mim. Eu tinha cheiro de impureza. Ninguém nunca me desejou. Era apenas eu e eu. Eu e o meu arco-íris sanguíneo.

Quando não havia mais recursos, rituais ancestrais de cura, família, amizades, tampouco médicos otimistas, eu entendi que era o meu fim. Vivia da compaixão de desconhecidos. Aos vinte e quatro anos, eu estava pronta para me despedir dos sonhos que não tive e me afundar em meu próprio fluxo de sangue. Até que recebi um bilhete anônimo embaixo da porta. Como não conseguia ficar em pé sem ficar tonta (e cair), rastejei lentamente até aquele pedaço de papel. Eu acreditava que ali havia boas novas. Tinha poucas palavras.

Imunda,
Há um homem chamado Jesus de Nazaré que opera curas e milagres por onde passa. Ele está na cidade. Talvez seja sua última chance!!!

Pensei o seguinte comigo: "Se ele realmente faz milagres, certamente haverá uma imensidão de pessoas ao redor dele. Como furar a multidão?" Fiquei ali, com o bilhete na mão, desenhando cenários na minha cabeça.

Plano A: eu sair bem cedo, rastejar até a esquina de casa e ficar sentada na calçada, esperando por ele. Preciso ser rápida e discreta, pois se me reconhecerem vão me isolar da multidão.

Plano B: posso ficar na janela, amarrar alguns lençóis e fazer uma corda. Assim, posso simplesmente me jogar quando ele estiver passando.

Plano C: se, onde quer que ele esteja, eu apenas tocar na bainha de sua capa, será suficiente para ser curada?

Senti tontura só de pensar no plano A e achei o plano B muito suicida (embora eu já estivesse morrendo). O plano C aparentava ser o mais viável, mas eu precisaria de sorte para chegar viva até Jesus.

Expectativa — fraqueza — vergonha — odor — palidez — esperança.

Mal o sol havia nascido, e a rua já estava mais movimentada que o normal. Uma voz, a qual eu não conseguia reconhecer com clareza, lá no fundo me dizia que aquele era o meu dia. Fiz uma barreira de reforço para segurar a minha hemorragia, mas ela não duraria mais de três horas. Respirei, lacrimejei e fui.

Sabe aquelas cenas em que a protagonista está no lugar certo e na hora certa? Foi a primeira vez que me vi como protagonista. Reconheci o Cristo de longe e me rastejei o mais rápido que pude para parar em um ângulo onde eu apenas esticasse os meus braços. Que loucura! Eu poderia morrer pisoteada. Mas o que é a morte trágica para quem está se degradando lentamente?

Ele se aproximou. Eu conseguia ver e ouvir os seus passos. Meu plano C estava prestes a entrar em ação. Estiquei meus braços, apertei os olhos e toquei a borda da túnica de Jesus. Um filme de doze anos passou pela minha mente de forma avassaladora. Minha visão embaçou, o sangue estancou. Foi tudo tão rápido, e antes que eu mesma processasse...

— Quem me tocou?

— Mestre, é a multidão que o rodeia e aperta!

— Alguém me tocou, porque senti que de mim saiu poder. Muito poder.

Eu ainda estava no chão quando ouvi essas palavras. E, em vez de me levantar, preferi me prostrar ali mesmo, trêmula, aos pés daquele homem e testemunhar diante daquela multidão.

— Fui eu, mestre! Há doze anos sofro de uma hemorragia incurável, ininterrupta e violenta. Meus recursos acabaram, não tenho nenhuma rede de apoio e minha fama é de "mulher imunda". Eu acordo desejando a morte e tenho apenas 24 anos — gritei com a voz embargada. Todos olharam para o chão.

Coragem — fraqueza — vergonha — odor — palidez — **milagre**.

— Filha, a sua fé definitivamente te salvou! Vai em paz e, agora, livre desse mal!

A partir daquelas palavras, renasci. Um toque, um milagre. Eu estava curada!

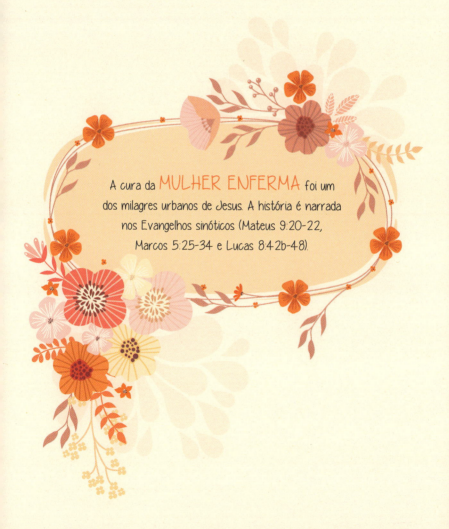

A cura da MULHER ENFERMA foi um dos milagres urbanos de Jesus. A história é narrada nos Evangelhos sinóticos (Mateus 9:20-22, Marcos 5:25-34 e Lucas 8:4 2b-48).

Prazer, Talita! Só que não!

Por **Leandra Barros**

'Parem de chorar! Ela não está morta; está apenas dormindo.' Então Jesus a tomou pela mão e disse em voz alta: 'Talita cumi!', que quer dizer 'Menina, levante-se!'. Naquele momento, ela voltou à vida e levantou-se de imediato."

Lucas 8:53b-54; Marcos 5:41 (NVT)

Sonhei que eu tinha morrido. E o sonho pareceu tão real que quando eu acordei, descobri que todo mundo havia se convencido disso. Até meu pai e minha mãe! Menos ele, o meu novo amigo.

Eu não entendi muito bem o que aconteceu. Lembro que estava me sentindo um pouco mal — muito mal, na verdade —, mas eu não podia deixar minha mãe perceber. Ela parecia estar sofrendo mais do que eu. E, de repente, caí no sono.

No meu sonho, estava um dia lindo! E só podia ser o céu aquele lugar! Porque lá todo dia era *shabat* — tempo de descansar. Tinha carne de carneiro, geleias de tâmaras e figos, pão sem fermento e suco de uva à vontade. A gente brincava e dançava de mãos dadas, e tinha música e canto por toda parte. Minha mãe diz que durou menos de um dia. Mas lá parecia uma eternidade. Pena que me acordaram, né? Os adultos dizem que eu deveria agradecer, na realidade.

Quando despertei, tinham quatro moços que eu nunca tinha visto antes no meu quarto: Pedro, Tiago, João e Jesus — o Cristo. Esse apareceu no sonho e ao vivo. No sonho ele estava brincando com a gente. Comigo, outras meninas e meninos e um montão de animais. Ele dizia para os adultos de lá: "Este Reino é deles — os pequeninos! Aqui, eles são 'os tais'!"

Ao vivo, acordei com ele segurando minha mão e falando comigo com uma expressão, um tipo de gíria, bem própria da nossa língua, que é uma misturinha de aramaico com hebraico: *"Talitá cumi!"*. Os de fora dizem que significa "Levante, menina!", mas "Talitá" vem do feminino de הלט, "talê", cordeiro. Então, ele me chamou bem do jeito que o meu pai chama para me acordar de manhã: "Cordeirinha, levante!". Esse é o significado verdadeiro.

Eu gostei dele. Pediu para me darem comida desde o início. Esse moço parece Deus! Já chegou na minha vida conhecendo o que eu gosto e sabendo o que eu preciso. Eu amo comer, mas não há nada que eu ame tanto quanto ver os olhos da mamãe brilhando e o meu pai dando um belo sorriso. E até isso fez meu novo amigo!

Meu pai trabalha muito. Ele é o principal líder da sinagoga local. Além do ofício do templo, também cuida do administrativo. Comanda todo o distrito e organiza as reuniões do nosso povo. Papai tem tudo sob controle, ele é bem-organizado. Mas comandar tanta coisa estava o deixando um pouco convencido, duro e até meio bravo. Mamãe conta que, antes de ser um líder, ele não era assim. Talvez estivesse sobrecarregado.

Eu só sei que ele estava diferente quando eu abri os olhos. Confesso que achei até engraçado: eu que dormi um monte e ele que ficou descansado! Papai estava leve, como quem passou para outro o seu fardo pesado. E desde então, voltou a ser humilde e manso, como mamãe diz que ele era no passado. Alguma coisa aconteceu enquanto eu dormia. Não vi e nem me foi informado.

Minha mãezinha linda, quando eu levantei, chorou tanto de alegria! Era riso misturado com lágrima, misturado com o pão que foi buscar na cozinha. A festa da mamãe contrastava com a cara de quem riu antes, duvidando de que eu levantaria.

Mas é claro que eu ia levantar, gente! Eu, hein... Imagina se eu ia dormir pra sempre, uma hora dessas do dia? Ainda mais que já tenho 12 anos! Pertinho de virar mocinha...

Morrer cedo não está nos meus planos. Puxei meu pai, sou organizadinha. Eu quero é viver muitos anos e realizar sonhos, sem essa agonia. Quero crescer e escrever meu nome na história, pra ver se o povo para de me chamar de Talita.

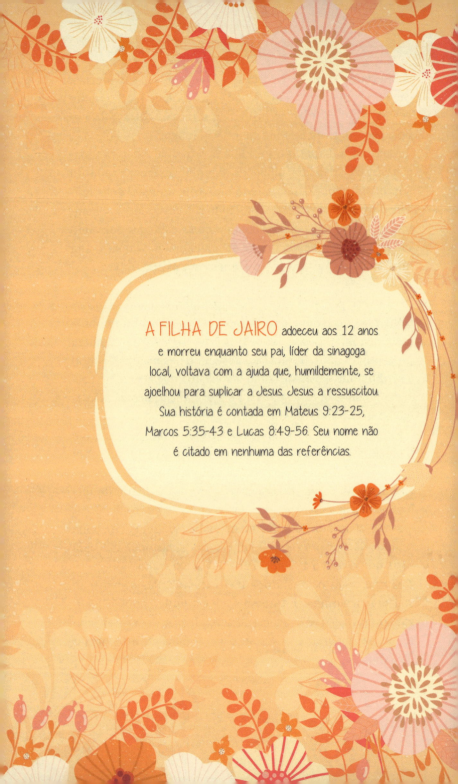

A FILHA DE JAIRO adoeceu aos 12 anos e morreu enquanto seu pai, líder da sinagoga local, voltava com a ajuda que, humildemente, se ajoelhou para suplicar a Jesus. Jesus a ressuscitou. Sua história é contada em Mateus 9:23-25, Marcos 5:35-43 e Lucas 8:49-56. Seu nome não é citado em nenhuma das referências.

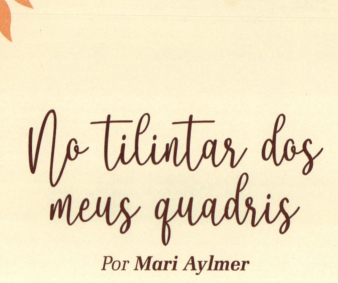

No tilintar dos meus quadris

Por **Mari Aylmer**

"Porque o mesmo Herodes, por causa de Herodias, mulher de seu irmão Filipe (porquanto Herodes se casara com ela), mandara prender a João e atá-lo no cárcere. Pois João lhe dizia: 'Não te é lícito possuir a mulher de teu irmão.' E Herodias o odiava, querendo matá-lo, e não podia."

Marcos 6:17-19

Pinto os olhos, escolho adornos
No meu franco direito de ser feliz
Guizos, faixas, finos entornos
Pra dançar no castelo que eu mesma fiz

No meu baile leve, desembaraçado,
Todas as palavras que só o corpo diz

E no tilintar dos meus quadris
A cabeça do rei, meu cunhado
Uma história que a si mesma se prediz,
De um amor proibido, amaldiçoado

Vencemos barreiras, hoje estou do seu lado
E ia tudo "muito bem, obrigado"
Até vir esse louco, mal-ajambrado,
Comendo gafanhotos, apontando pecados
E dizendo que Deus nos tem condenado.

Arrepender? Ele só pode estar alterado.
Como ele quer colocar padrões no meu lado?
Quem é ele pra dizer o que é certo e o que é errado?
Não me arrependo. Nem do presente, nem do passado
Ele vai pagar por cada verso atravessado!

Minha filha, sonho do que eu sempre quis,
Faz teu destino, um Carnaval coreografado
Pinta os olhos, põe teus adornos e vai ser feliz
E quem sabe a sorte me terá encontrado

No teu baile leve, desembaraçado,
Todas as palavras que só o corpo diz

E no tilintar dos teus quadris
Olhares dos amigos do rei, vidrados

A oferta generosa do Rei, apaixonado
A cabeça do primo do Rei, condenado
Ele vem servido sobre um prato prateado

E tu que hoje me lês,
Antes de me julgar, olha pra ti e me diz
Se o meu é tão diferente do teu pecado
Porque, de verdade, tudo o que eu fiz
Foi decidir por mim e me dar atestado
Ser dona de mim, do meu jeito de ser feliz
Não amar o Criador como ele tinha ordenado
Amar mais a mim e a quem eu mesma quis.

Confessa: A paixão me levou e te leva também
E quem é qualquer um? Quem é que pode me julgar?
Quem ousaria a primeira pedra jogar?

Eu sou o que sou. Decido entre mal e bem
Quem é Deus pra me dizer o que fazer?
Independente, poderosa, sedutora eu nasci pra ser.

Até aqui, os registros me contêm
E o meu destino parece já estar selado
Mas e se eu fosse um pouco além
E visse meu caminho seguir por outro lado?

Houve rumores de um pregador novo
Virando mesas no templo, no mercado
Mas o que é isso? Pode ser que, do meio do povo,
Tenha mesmo João reencarnado?

O morto voltou e está pregando nos telhados
Só vendo com meus próprios olhos pra acreditar
Disfarçada, me enfiei entre o povo aglomerado
Perto do monte, onde ele ia se apresentar.

Para minha surpresa, nem de longe, não era João,
Não era ele, havia doçura no seu falar
E ele me olhou, ele me viu, no meio da multidão,
Um olhar penetrante e suave a me encarar

Ele sabia quem eu era, sabia do meu pecado
Sabia dos meus caminhos tortos e do meu rancor
Mas seu olhar estava à minha alma pregado,
E não havia um pingo de julgamento, só amor
Era um olhar tão santo, arrebatador
Que me quebrou no meio, arrependida ao Senhor

Essa santidade, essa eternidade em fulgor
Me mostrou que vaidade é viver sem seu Amor
Que tolice querer viver por meu próprio esplendor
Que como a erva seca, não suporta o mínimo calor.
Que esse meu conto, leitor, bem recontado
Te lembre dos caminhos retos e brilhantes do Criador
Ele, que lembra de você além dos portões perolados
Ele, que te chama pelo nome e te chama por Amor.

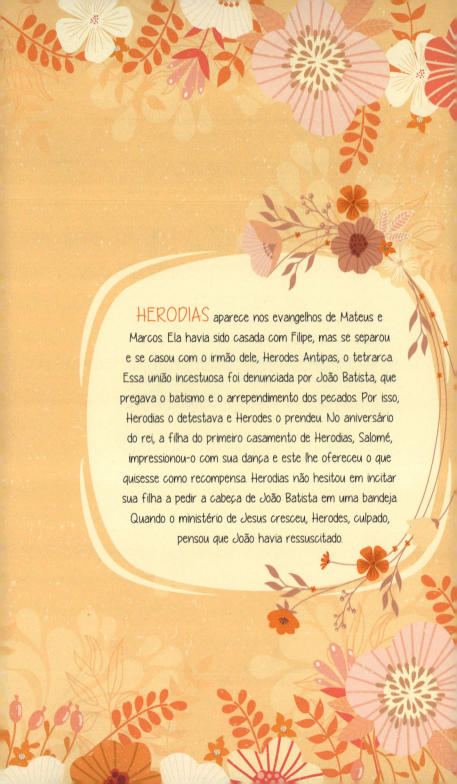

HERODIAS aparece nos evangelhos de Mateus e Marcos. Ela havia sido casada com Filipe, mas se separou e se casou com o irmão dele, Herodes Antipas, o tetrarca. Essa união incestuosa foi denunciada por João Batista, que pregava o batismo e o arrependimento dos pecados. Por isso, Herodias o detestava e Herodes o prendeu. No aniversário do rei, a filha do primeiro casamento de Herodias, Salomé, impressionou-o com sua dança e este lhe ofereceu o que quisesse como recompensa. Herodias não hesitou em incitar sua filha a pedir a cabeça de João Batista em uma bandeja. Quando o ministério de Jesus cresceu, Herodes, culpado, pensou que João havia ressuscitado.

Manchete de segunda chance

Por **Andreia Coutinho Louback**

"Então, os escribas trouxeram à presença dele uma mulher surpreendida em adultério e, fazendo-a ficar em pé no meio de todos, disseram a Jesus: 'Mestre, esta mulher foi surpreendida em flagrante adultério. Na Lei, Moisés nos ordenou que tais mulheres sejam apedrejadas. E o senhor, o que tem a dizer?'"

João 8:3-4

FOLHA DE S.PAULO   CORREIO BRAZILIENSE
O GLOBO   ESTADÃO
DIÁRIO DE PERNAMBUCO   ESTADO DE MINAS

DA REDAÇÃO. Na madrugada de ontem, algo inédito aconteceu. Uma mulher, 26 anos, foi flagrada em adultério. Pega em intenso ato sexual e, completamente nua, foi levada até o templo pelos escribas e fariseus para ser apedrejada, conforme está previsto na Lei de Moisés. Na contramão de toda a expectativa de brutal assassinato previsto nos pergaminhos antigos, Jesus surpreendeu aos presentes com a seguinte provocação: "Quem de vocês estiver sem pecado, favor atirar a primeira pedra". O desfecho foi histórico. Dos mais velhos aos mais novos, todos os que estavam munidos de pedras em mãos as soltaram. E só restou Jesus e a mulher adúltera no tribunal. Até o momento, não há informações sobre o homem envolvido no crime.

ENTENDA O CASO

Por volta de meia-noite, após seu marido adormecer, a mulher (que terá sua identidade preservada por questões de segurança) percorreu aproximadamente dois quilômetros até a casa do amante. No meio do caminho, um dos fariseus, que estava de plantão na vizinhança, estranhou o fato de uma mulher casada estar desacompanhada naquela hora. E, sem que ela percebesse, a seguiu silenciosamente. Ao se dar conta de que ela havia entrado na casa de um homem conhecido, o fariseu nem pensou muito. Foi buscar reforço para fazer um flagrante público nos dois infiéis.

    O casal de amantes estava clandestinamente juntos há quase nove meses. A informação foi obtida por uma das melhores amigas da mulher, que confessou à imprensa ao ser pressionada pelos fariseus. Embora a poligamia seja bastante comum entre os homens da cidade, não é — e dificilmente será — cogitada para mulheres. Há várias investigações em aberto nesta história: I) segundo informações, o casamento da mulher ia muito bem, mas não havia desejo sexual na relação; II) até agora, não se sabe o porquê de o amante não ter sido levado para o julgamento também, pois a lei ordena que ambos sejam apedrejados; e III) na hierarquia da escala de pecados, Jesus provou que a traição conjugal não é mais nem menos grave que outros grandes e pequenos erros — fato que impressionou a comunidade presente, principalmente os escribas, sacerdotes e fariseus.

O DESFECHO

Em entrevista exclusiva, Jesus explica a sua atitude como um ato de misericórdia. "A mulher chegou até aquele lugar muito envergonhada, constrangida, sem roupas. No caminho até o templo, ela foi insultada, humilhada e xingada. Ela chorava silenciosamente e tampava o rosto. A culpa já havia tomado seu coração de tal maneira e, independentemente de quais escolhas ela tivesse a partir dali, estava perdoada. O que esperavam de mim naquele momento era condenação. Mas eu sou amor, graça e perdão. Eu acredito em segundas chances, não importa a proporção do erro, da falha ou do que merece ou não condenação", disse durante a coletiva de imprensa.

O episódio chocou o moralismo da cidade. Não apenas por contrariar a Lei de Moisés e relevar a profundidade do evangelho, mas pelas inesquecíveis palavras de Jesus, que disse em alto e bom som: "Eu também não te condeno. Vai e não peques mais".

"Quando chegamos no local, eu pensei que morreria em segundos. Jesus estava sentado, tranquilíssimo, desenhando na areia com o dedo. Quando relataram as acusações, ele continuou desenhando. Foi muito constrangedor. Não desejo para ninguém. Desejo que todos os pecadores e pecadoras, transgressores e transgressoras, errantes e infiéis tenham uma nova chance — de viver e recomeçar — como eu tive. Nunca havia experienciado tamanha misericórdia. Eu nunca quero esquecer aquela cena!", relembrou a mulher adúltera — e perdoada.

A história da MULHER ADÚLTERA é narrada no Evangelho de João 8:1-11, pouco tempo depois de Jesus ter recebido um mandado de prisão.

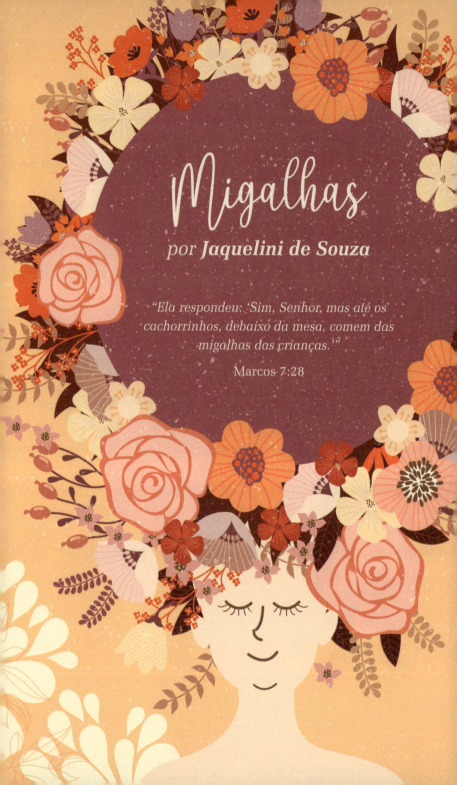

Eu nasci no sertão do Ceará, cresci em um sítio de bananas, criada por avós que pareciam saídos de um filme da Disney. Nosso sítio era próximo ao rio Jaguaribe, quando vovó ia lavar roupa era uma festa, eu brincava sem parar naquelas águas. O bananal logo se transforma em uma floresta na minha imaginação. Mas no sertão a realidade da vida chega bem cedo.

A caatinga sempre me encantou, principalmente na seca, pois acontece um fenômeno raro, um verdadeiro milagre. No período da estação seca, caem duas chuvas: a dos cajus e a das mangas, e basta cair uma única gota de água que instantaneamente tudo que era uma sequidão só fica bem verdinho. É um dos maiores milagres que a natureza nos proporciona ver.

Com a caatinga eu aprendi logo cedo que gente como eu não pode desperdiçar as oportunidades da vida, pois são raras, assim como a chuva durante a estação seca no sertão cearense. Durante agosto e dezembro, a caatinga chupa toda a água que cai de uma vez só porque ela não sabe quando vai cair de novo entre esses meses.

A vida de uma mulher é difícil. De uma mulher do sertão mais ainda! Criada por avós adotivos, quando a adolescência chegou, eu sabia que teria que me arranjar na vida logo. Com muito sacrifício eles me ajudaram e consegui me formar em História no Crato. Com muito mais sacrifício, mas agraciada por Deus, por um casal cearense e uma igreja que me acolheram muito bem em São Paulo, terminei o mestrado.

Voltei para o meu sertão, retornei para a universidade onde me formei, desta vez como professora, e tive a oportunidade de fazer doutorado. Foi uma loucura, trabalhando, estudando, viajando pra assistir as aulas do "doc", mas deu certo, consegui. Os meus velhinhos se foram, ela com 81 anos, ele com 89. Fiquei absolutamente só.

Tive a experiência terrível de perder meu avô, aqui no Ceará, durante o confinamento pela pandemia de covid-19. Ele morreu e logo tive que enterrar, com uma cerimônia fúnebre rápida, de uma hora, com apenas dez pessoas e sem direito a abraço. Você fica com a sensação de que não fez direito, de que não honrou todo o amor que tinha por ele. Mas no final foi um luto na solidão, a mais terrível e profunda solidão que senti na vida.

A experiência de um luto em isolamento, morando sozinha, trouxe lágrimas aos meus olhos e desesperança ao meu coração. Depois que você perde seu pai, perde também o rumo da vida por um tempo. O porto seguro se foi, para onde retornarei depois das burradas, erros e infantilidades que farei na vida? Logo deixei de olhar para a vida com gratidão, e a autopiedade tomou conta.

Deixei de ser grata por esse casal maravilhoso que me criou, me amou, me educou. Pelos amigos, que fazem esta filha única solitária se sentir em família, por todos os professores que acreditaram em meu potencial, e por todas as pessoas de várias igrejas e das mais variadas denominações que me ajudaram em diversos momentos difíceis que passei na vida. Deus nunca, jamais, me abandonou, mas porque um único sonho não foi realizado, meu coração começou a ser ingrato.

Meu avô lutava contra a leucemia, e eu pedia, com toda a força que tinha, que Deus não permitisse que ele fosse sem antes me levar ao altar. Ele se preocupava com isso, queria ter certeza de que eu não ficaria só neste mundo. O sonho não foi realizado, ele se foi, e comecei a me sentir a mulher mais incompetente do mundo, passei a achar que eu tinha falhado com ele.

Quando percebi que a hora estava chegando, fiz o que pude para estar com ele. Lia a Bíblia pra ele, cantava *Firme nas promessas*, seu hino favorito. E na troca de turno com a cuidadora, eu me despedi dele no hospital com um beijo na testa. Enquanto me levantava, ele me abraçou, me beijou. Caí em lágrimas, porque sabia que era a despedida. A doença havia levado suas palavras, não seus sentimentos. Fui para casa descansar; em pouco tempo o telefone tocou. Ele se foi e, com ele, um sonho.

Na depressão de um luto em isolamento, só pensava que tinha 34 anos, era solteira, professora temporária, morava de aluguel. Você tem a sensação de que a vida só lhe deu migalhas e o que você conquistou foi como a caatinga, com muita luta, aproveitando ao máximo as poucas oportunidades que teve na vida. Por isso, sou esta mulher. Uma grega de origem sírio-fenícia, mas brasileira do Ceará.

As lágrimas não deixaram apenas os meus olhos turvos, mas meu coração e minha alma. Mas passar pelo luto é preciso. Sentir toda a dor e frustração também, porque para se limpar é preciso primeiro enxergar a sujeira. Foram três meses de confusão mental, raiva — inclusive de Deus —, sentindo-se injustiçada. "Poxa, tanta gente que não tá nem aí pra você tem tudo e eu, nada", falava pra Ele com muita raiva. Como um único sonho não realizado pode mudar tudo, não é?

Eu perdi meu avô-pai para o câncer durante o período de confinamento, em março de 2020. Não vivi o sonho de ir ao altar com ele ou de ele me ver mãe. E, durante meu luto, na solidão do isolamento e na frieza de não poder ser abraçada, Deus me consolou. E, com os olhos e o coração começando a desembaçar, nasceu em mim outro sentimento, o sentido de legado. Deus usou a arte para me fazer ver a vida com os olhos do Ressuscitado!

Eu adoro os filmes e tudo o mais do Superman, e em uma das últimas cenas do filme *O Homem de Aço* (2013), achei alento para minha alma. Clark está no cemitério, lamentando com sua mãe que seu pai, ali sendo sepultado, não o vira cumprindo sua missão como o Superman. Para sua surpresa, a mãe responde: "Sim, ele viu. Ele viu." Enquanto ela dava essa resposta, uma cena de Clark ainda garoto, com uma toalha vermelha amarrada ao pescoço, começa a ser mostrada. Nela, o pai de Clark, que estava trabalhando em sua caminhonete, o vê de longe, mãos com punhos cerrados na cintura e o peito estufado. A mãe estava ali também, contemplando tudo —, vendo seu marido olhar para o futuro.

Entendi tudo, então chorei.

Deus me fez entender que meu avô-pai não precisava viver para me levar ao altar, ou brincar com meus filhos ou filhas. Ele viu! Porque me criou para isso. Seria lindo, sim, ele viver isso comigo, tê-lo ao meu lado. Minha alegria seria muito maior, mas não tem problema, ele está dentro de mim, porque parte de mim é ele. Eu ainda viverei isso com ele, pois eu amarei a vida como ele me ensinou a amar! Ele viu e, se viu, viveu!

Para quem acha que mereço tudo, as migalhas são piadas. Para quem acha que sou princesa, pois sou filha de Rei, minhas migalhas são afrontas. Aceitemos isso como verdade: Jesus me deu apenas migalhas. Ele não me tratou como uma princesa, mas como uma cadela. Sabe o que aprendi? Até as migalhas de Jesus são infinitamente mais preciosas que os falsos banquetes ofertados por aí. Sabe por quê? Porque elas curam.

As migalhas de Jesus curaram esse coração sofrido, solitário, raivoso, que estava se sentindo injustiçado. Mas é preciso reconhecer quem somos primeiro. Não sou digna de assentar em qualquer lugar onde me sinta honrada. Mas há Um que é digno. E Ele me satisfaz onde quer que eu esteja. A frustração de um sonho não realizado é uma dor indescritível, só foi menor que a dor de perder meu vovô. Mas uma alegria muito maior do que ele me levar ao altar é viver a minha vida através de seus olhos, com todos os seus ensinamentos, a forma como ele enxergava beleza e esperança em tudo, até na caatinga durante a seca no sertão. Você acha que isso realmente são migalhas?

Como luterana, aprendi que a sinceridade diante de Deus é fundamental para desenvolver uma vida cristã sadia. A Bíblia diz que toda palavra já é conhecida por Ele antes que chegue à boca, então por que falar? Porque não tem a ver com Ele, mas conosco, faz parte de nosso processo de cura. Kierkegaard nos ensinou que Deus levou Abraão à prova, não para testar sua fé, pois por sua onisciência já conhecia, mas para que Abraão conhecesse a si mesmo. Diante de Deus, o eu fica nu!

A necessidade de ser sincero e de se reconhecer quem é perante Deus nos faz reconhecer quem somos perante nós mesmos. *"Simul justus et peccator"*[1]. Precisamos compreender que vamos cair, teremos momentos de falta de fé, de falta de esperança, de falta de amor; momentos em que sofreremos e em que faremos o outro sofrer. Somos humanos, e essa humanidade nos faz mais dependentes das "migalhas de Jesus". Só quem sente dor pode compreender o valor da alegria! Só quem tem um sonho frustrado sentirá o êxtase de ver Deus o reconstruindo!

Busquei o que não tinha direito. Implorei por migalhas. Jesus me deu mais do que eu merecia. As migalhas se transformaram em um banquete! Mesmo os sonhos frustrados, Deus pode reconstruí-los! Mas como? Kierkegaard disse certa vez que o milagre não foi o nascimento de Isaque, mas Abraão e Sara permanecerem suficientemente jovens, acreditando nesse milagre. Pois a esperança transforma corações idosos em corações juvenis. Você crê, com o coração transformado, que as "migalhas" de Cristo são suficientes pra você?

---

[1]"Justos e pecadores simultaneamente." (Martinho Lutero)

Quero terminar citando meu avô. Uma vez ele me disse:

Viver é como caminhar
Um pé no chão e outro no ar
Pois é preciso sonhar
Um homem que não sonha
Morto já está.

Parece contraditório falar de sonhos numa conversa sobre migalhas. Quis compartilhar para chorarmos juntos, nos apoiarmos nestas palavras e, como diz o velho samba, "levantar, sacudir a poeira e dar a volta por cima". Desejo a você uma vida cheia de vida e que, mesmo com sonhos frustrados, como o meu, nunca paremos de sonhar, para nos mantermos vivos! Pois, como diria meu conterrâneo Belchior: "Viver é melhor que sonhar."

A MULHER CANANEIA, ou sírio-fenícia, como muitos a conhecem, tem sua história relatada nos Evangelhos de Mateus e Marcos. Apesar de não ser uma israelita, ela creu que Jesus era o filho de Deus e tinha poder para libertar e fazer sua filha completa novamente.

Aos pés da esperança

por **Luiza Amâncio**

"Maria, a sua irmã, sentou-se aos pés do Senhor e ficou ouvindo o que ele ensinava."

Lucas 10:39 (NTLH)

Sim, irmã de Lázaro e Marta. Cidadã de Betânia também. Mas o meu lugar primário é com o coração dobrado ao Bom Amigo. O Deus encarnado por nós tem amor, e isso em mim fez-se todo, fez-se tudo. De modo que meu espírito quebranta, a alma aufere-se, é capturada, e o corpo faz pausa aos afazeres, embebido pelas reações de meu interior.

Quando me dou conta, estou ao chão, assentada, e em amor eu ouço. Era como se o Mestre grifasse em meu peito cada palavra proferida. E o som emitido por sua boca adornava-me em ensinamentos. Ele estava em nossa casa. Tudo era festa.

Até que os dias cinzas vieram. A doença pairava sobre nós. Lázaro foi o atingido, a preocupação passou a me assolar. Estava turbada, pois via meu irmão debilitado, tentando reagir ao mal que lhe sobreveio. Tendo ciência de que o Mestre também cura, nós o chamamos. Ele chegou após quatro dias, Lázaro não resistiu. A vida se esvaiu.

Rosto entregue às lágrimas, o cálice de morte tornou-se gosto, cheiro difuso aos meus sentidos. Quatro dias desde o nosso chamado a Jesus, quatro dias amargando e chorando. Quatro dias de dilacerante dor e profundo gemido.

Na angústia, eu não chorei só. Houve abraços, carinhos, presença. Tantos eu recebi por aqui... Todos na tentativa de aplacar, estancar o sangue que corria por dentro. Na trilha espinhosa da dor, eu pude perceber o que é ser e oferecer suporte.

Porém, enquanto eu era alvo de todo o calor e afago daquele povo, recebi a notícia que eu tanto almejava: "O Mestre chegou e está chamando você".

Ah, quando eu compreendi quem estava a me chamar... Prontamente, fui capaz de me desgarrar do conforto que me era oferecido. E contrariando o pensamento e a preocupação geral, não fui correndo ao túmulo, não me levantei depressa para lamentar defronte ao corpo de meu irmão. Corri para exclamar a minha angústia aos pés da Paz.

Prostrada e pondo-me a chorar, eu compreendi que o Senhor não invalida a dor. Ele não está alheio aos sentimentos que nos permeiam. Os seus olhos não se fecham para nós. Ele vê, Ele ama. Esquecidos não somos.

Após ser acolhida pelo nosso amigo, voltei junto a Ele ao findar de minha alegria. Revisitei o sepulcro onde parte de mim já estava a putrefazer. Naquele cenário onde uma grande pedra tapulhava a gruta, presenciei a Esperança se mover em chamado. Bastou uma simples frase para que Lázaro fosse livre do domínio da morte. No rolar da rocha, meu irmão veio pé ante pé em nossa direção. Ressurreto.

A Esperança cessou o alarido, o pranto. Fez da morte que zombava de mim e me parecia altiva e imbatível uma desprezível derrotada. Com o coração feito em cinzas, senti o frio do umbroso fenecimento. Com a alma jubilosa, mirei a Graça, o milagre.

Estar ao seu lado ou rendida a Ele é o que meu coração tem de maior valia. Conhecê-lo é o meu fundamento, é mais que a vida ou a perda dela; é mais que uma mesa posta, um banquete. E eu bem sei que é isso o que me basta. É a minha eterna escolha, o que de mim não poderá ser tomado. Em meus ouvidos, calada foi a morte. O Mestre vociferou ainda mais alto. Estou certa de que aos pés da Esperança tudo se fez, tudo se faz.

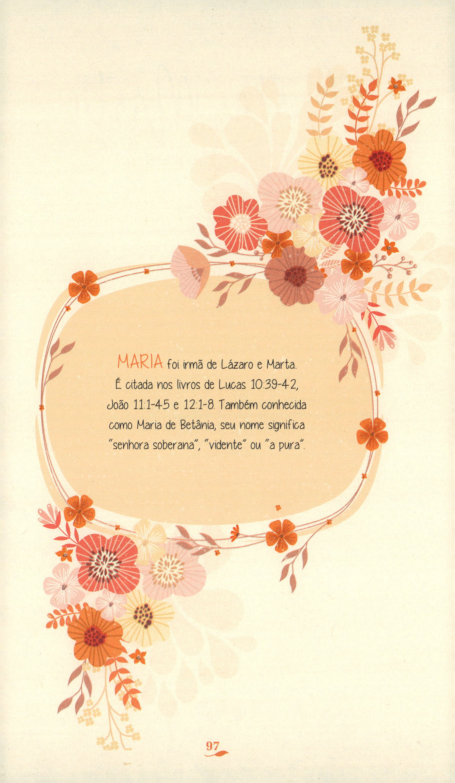

MARIA foi irmã de Lázaro e Marta. É citada nos livros de Lucas 10:39-42, João 11:1-45 e 12:1-8. Também conhecida como Maria de Betânia, seu nome significa "senhora soberana", "vidente" ou "a pura".

Marta, Marta

Por **Elisa Cerqueira**

Mulher virtuosa, onde estás?
Trabalhar, trabalhar, trabalhar
Faça melhor, faça perfeito
E faça mais e um pouco mais

Qualidade, quantidade, intensidade
Mais um dia, mais tarefa
Um pouco mais de obras
E talvez alguns elogios

Durante a noite, vigie
Antes de clarear o dia, levante
Vai pra lá, volta pra cá
Sem indagar, sem reclamar

Colha a lã, compre a vinha
Ajude os necessitados
Empreenda, solucione, vença
E receba sua recompensa

Repita o ciclo, sem intervalos
Mais trabalho, mais virtude
Compondo identidade
Produzindo autovalor

Mulher ideal, mulher exemplar:
Ocupada, eficiente, competente
Cozinha, lava e organiza
Tem vigor, bravura e feminilidade

Mãe, filha, esposa, irmã, líder
Ontem, hoje, amanhã e depois
Físico, mental, psicológico, espiritual
Quem a achará? Quem me achará?

Jesus em sua casa
Mais obras, mais obras
Ordem, disciplina, santidade, perfeição
"Servir, servir e servir muito mais"

"Marta! Marta! Você está preocupada e inquieta com muitas coisas; todavia apenas uma é necessária..."

Quebra do ciclo
Calma
Leveza
Descanso

Uma coisa apenas necessária

Jesus não é sobre o muito
É sobre o essencial
A vida não é sobre fazer
É sobre ser

Eu sendo eu
junto
com Jesus
sendo ele.

MARTA era irmã de Maria e de Lázaro. Os três hospedaram Jesus em sua casa algumas vezes e Marta era uma anfitriã sempre muito dedicada e prestativa, apesar de passar o tempo todo sobrecarregada, realizando os afazeres domésticos. É a dona de casa que trabalha duro. Aparece em Lucas 10:38-42 e João 11:1,5,19-39 e 12:2).

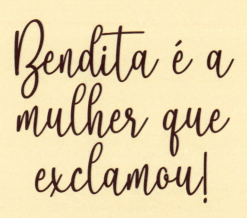

Bendita é a mulher que exclamou!

Por **Tâmara Damaceno**

"E aconteceu que, dizendo ele estas coisas, uma mulher dentre a multidão, levantando a voz, lhe disse: 'Bem-aventurado o ventre que te trouxe e os peitos em que mamaste!' Mas ele disse: 'Antes, bem-aventurados os que ouvem a palavra de Deus e a guardam.'"

Lucas 11:27-28

Naquela ocasião, Jesus estava sendo questionado acerca da sua identidade como filho de Deus e alguns dentre a multidão que o cercava rogavam que ele fizesse algo sobrenatural para autenticar sua filiação divina. Ele tinha acabado de expulsar um espírito maligno de um homem, mas isso para aqueles que o importunavam não era o suficiente. Nenhuma de suas palavras, silêncios ou ações são suficientes para os que não creem. Ele foi acusado de ser uma espécie de manipulador de espíritos malignos e usar o poder de um deus pagão para criar cenas impressionantes diante de uma plateia ávida por atos sobrenaturais. Eles tentavam os argumentos mais absurdos para atacá-lo. Mas Jesus respondia com sabedoria e eloquência, para que todos ouvissem e tivessem a oportunidade de testemunhar que ele era o filho do Deus vivo e poderoso.

Eu fazia parte do grupo que o acompanhava naquela tarde e me alimentava de seu ensino. Confesso que em alguns breves momentos dispersava com a correria das crianças e o desconforto da posição em que estava há algumas horas. Mas rapidamente minha atenção era capturada por aquele olhar vibrante e tom de voz firme e convicto que só pode ser observado genuinamente em quem sabe exatamente o que está fazendo. Enquanto o ouvia, me peguei a imaginar como teria sido a vida daquele homem antes daquele momento. Fui tão longe em meu pensar que cheguei ao seu nascimento.

Eu já havia ouvido a história e sabia que tudo nela era um cumprimento das escrituras dos judeus. Da sua concepção ao desenvolvimento no ventre de uma mulher chamada Maria. Esse fato carregado de poder divino e com uma linha do tempo profética como eixo estrutural me fascinava. Eu pensava repetidamente enquanto o olhava de longe: "No ventre de uma mulher, o eterno filho de Deus foi tecido, dela nasceu e por ela foi cuidado." Eu não tenho filhos, já estou avançando na idade e abandonando as fantasias de gestar uma criança. Por esse motivo, essa experiência tão contada pelas mulheres é um mistério inebriante para mim. E ali, diante daquele homem, isso ficou ainda mais interessante.

Permiti-me bradar intensamente ou exclamar, como alguns preferem descrever. Precisava manifestar a euforia que sentia dentro de mim. Gritei com uma força que jamais havia usado. A intensidade chamou a atenção de todos, os mais próximos ficaram um pouco assustados na hora. Mas eu precisava bendizer aquela que viveu a experiência de ser casa e alimento para o nosso salvador. Sim, muito feliz é a mulher que teve dentro de si esse Jesus que estamos ouvindo. Muito feliz é aquela que sentiu seu corpo ganhar formas novas para acolher e parir o Cristo. Maria é uma bem-aventurada por ter tido um vínculo tão profundo com o Messias.

Algumas pessoas me censuraram com o olhar, afinal quem era a mulher que exclamava, interrompendo a fala do mestre Jesus? Imediatamente ele se levantou, olhou ternamente em meus olhos, como se quisesse me abraçar, e explicou que maior do que o vínculo materno é o vínculo eterno. E que na decisão de ouvir e guardar as palavras Dele é que reside a experiência humana mais excelente. Então, eu poderia experimentar o vínculo extraordinário e bradar: "Bendita a mulher que exclamo e recebeu do filho de Deus o vínculo eterno!"

A MULHER QUE EXCLAMOU foi citada no evangelho de João. Ela não tem seu nome revelado no texto bíblico.

Eu envergo, mas não quebro

Por **Leane Barros**

"E pôs as mãos sobre ela, e logo se endireitou, e glorificava a Deus."

Lucas 13:13

Anos sentindo o sol cada vez mais na nuca do que no rosto. Há quem diga que é tudo uma questão de mente aberta, espinha ereta e coração tranquilo. Tão fácil falar, mas quem vive é que sabe.

Quantas palavras duras e olhares de desprezo um corpo aguenta sem retrair? Quantas irresponsabilidades alheias, abandonos, negligências ele suporta com o coração tranquilo? Quantas vezes é possível sofrer violências verbais, físicas, presenciar injustiças e deixar a mente aberta?

Começa aos poucos, em cada "não" reprimido, em cada crédito e esperança dada à falsas promessas, a cada vez que se permite assumir o papel e responsabilidades do outro para que a vida siga. O corpo encurva, a alegria encurta, a vida adoece. Quando se dá conta, não consegue erguer o rosto para se reconhecer no espelho.

Minhas tempestades internas foram muitas até ser visível a todos o que acontecia dentro de mim. Não se pode evitar ou ignorar os alertas, o corpo insiste em evidenciar. Foram anos ouvindo apenas vozes, sem conhecer as faces, comendo a poeira do chão, sendo a sombra do que fui e me arrastando, sentindo o peso da vergonha, muita vergonha.

Até que ele veio. Eu sequer podia vê-lo, mas ele me viu. Me viu e me amou.

Há poder e cura em se importar. Suas mãos sobre mim foram capazes de dissipar dezoito anos de sofrimento contínuo. Capazes de me dar a mente aberta, a espinha ereta e o coração tranquilo.

Os ventos fortes continuam a soprar, mas não sou mais como antes. Eu fui vista por Ele, amada por Ele, tocada por Ele, curada por Ele. E por sua misericórdia posso entoar canções, como bem já disse o poeta:

> "Eu posso até ir ao fundo
> De um poço de dor profundo

Mas volto depois sorrindo
Em tempos de tempestades
Diversas adversidades
Eu me equilíbrio e requebro
É que eu sou tal qual a vara
Bamba de bambú-taquara
Eu envergo, mas não quebro"[1]

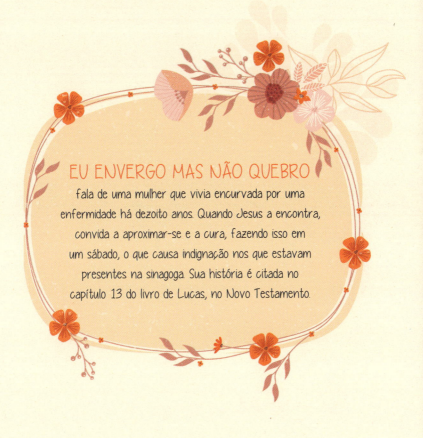

EU ENVERGO MAS NÃO QUEBRO fala de uma mulher que vivia encurvada por uma enfermidade há dezoito anos. Quando Jesus a encontra, convida a aproximar-se e a cura, fazendo isso em um sábado, o que causa indignação nos que estavam presentes na sinagoga. Sua história é citada no capítulo 13 do livro de Lucas, no Novo Testamento.

---

[1]Trecho da canção "Envergo mas não quebro", do cantor e compositor brasileiro Lenine em parceria com Carlos Rennó.

A mulher sem nome

Por **Katleen Xavier**

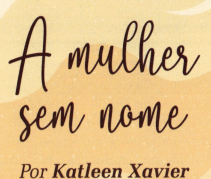

"Muitas mulheres estavam ali, observando de longe. Elas haviam seguido Jesus desde a Galileia, para o servir. Entre elas estavam Maria Madalena; Maria, mãe de Tiago e de José; e a mãe dos filhos de Zebedeu."

Mateus 27:55-56

Sou a mãe de dois apóstolos.

Sou mulher de Zebedeu, um comerciante, dono de barcos de pesca.

Mas para muitos, não tenho nome.

Alguns dizem que me chamo Salomé (a pacífica), outros, que sou irmã de Maria, a mãe de Jesus. Todas essas são informações desencontradas que só provam o pouco valor da minha história para aqueles que a transcreveram, mas o que importa para mim é o valor que eu tenho para ele: Jesus, o nazareno.

Fui seguidora do Messias.

O amor por meus filhos me levou a acompanhá-lo através das cidades por onde passava, levando seus ensinamentos, fazendo milagres e nos surpreendendo com seu grande amor.

Suas palavras tinham vida e ganharam meu coração.

Alguns ainda me chamam de egoísta e gananciosa por ter pedido ao mestre que concedesse a honra de colocar meus filhos ao seu lado no céu, mas qual é mãe que não almeja ter seus filhos na companhia daquele que era e ainda é o maior exemplo de como seguir a Deus?

Com o tempo e seus ensinamentos, descobrimos que honra maior ainda foi estar em sua companhia durante sua caminhada nesta terra.

Pouco se fala das mulheres que o seguiam, mas não éramos poucas. A cada nova cidade, as boas novas eram espalhadas, e mais mulheres se juntavam para receber seus ensinamentos.

Quando o fim chegou e o mestre foi condenado, muitos fugiram, temendo sofrer represálias, mas nós continuamos lá. Foi doloroso vê-lo carregar o peso dos nossos pecados, sofrer pelos nossos erros, silencioso e inocente. Seu corpo sangrava, e nossos corações também. Presenciamos o seu martírio, assistimos ao seu último suspiro e rogamos pela misericórdia de Deus.

Como mães, nós sentimos na pele daquela que perdia seu filho de forma tão cruel.

Como servas, estávamos também perdendo nosso Mestre e Senhor.

A tristeza nos acompanhou enquanto preparávamos os unguentos e comprávamos aromas para ungir seu corpo, mas, ao final do dia santo, voltamos àquela tumba e não havia corpo lá. A tumba estava vazia.

O verbo se fez carne e sua palavra se cumpriu. Como eu poderia não crer, agora que vira o milagre com meus próprios olhos?

Ser a mãe de dois dos escolhidos por Ele como discípulos foi uma grande honra, mas ser uma das mulheres que viu suas mãos operarem milagres e ouviu suas palavras de vida eterna me bastou. A ação de Jesus nos libertou e passei a entender que a força do poder é o serviço. Não preciso de nome, sou uma das seguidoras (e serva) do filho de Deus.

A MULHER DE ZEBEDEU, também citada como Salomé, possui várias especulações acerca de sua história. Há quem diga que era irmã de Maria e tia de Jesus. O que se sabe com certeza é que era mãe de Tiago maior e João evangelista. Ela é mencionada nos Evangelhos de Mateus, no capítulo 27, e no Evangelho segundo Marcos, capítulos 15 e 16.

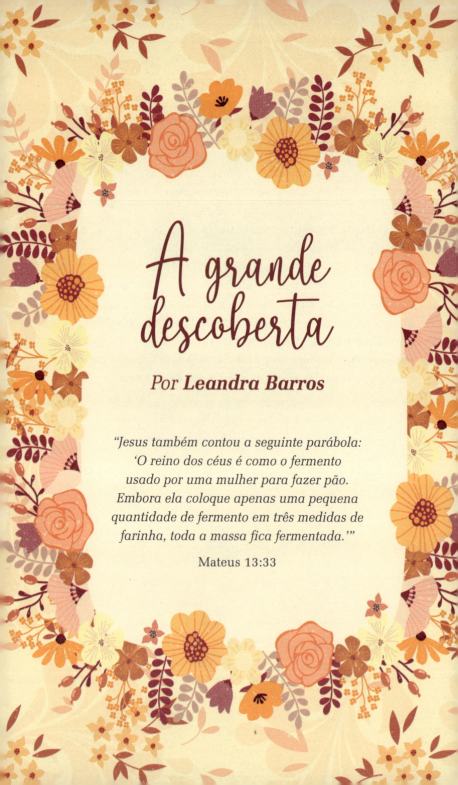

A grande descoberta

Por **Leandra Barros**

"Jesus também contou a seguinte parábola: 'O reino dos céus é como o fermento usado por uma mulher para fazer pão. Embora ela coloque apenas uma pequena quantidade de fermento em três medidas de farinha, toda a massa fica fermentada.'"

Mateus 13:33

Não havia percebido que ele estava observando. Faço pão há tantos anos. Nunca achei que alguém repararia. É algo tão ordinário, tão simples, que às vezes me falta até um certo sentido na vida. Quem diria que, ao fazer um pão, eu serviria? Ainda mais para ser exemplo em meio a uma lição tão linda.

"O reino dos céus é como o fermento…"

Bem que eu perguntei a Deus outro dia: "Para que prestam essas coisas que eu faço, meu Pai? Têm futuro? Têm valia? Para que serve a minha existência, Senhor? Tem alguma serventia?"

"Como o fermento usado por uma mulher para fazer pã", disse ele, sobre o Reino, à multidão. Poderia ser qualquer mulher, mas eu sei que era eu. Na resposta do mestre descobri: Ele é mesmo o Filho de Deus!

A MULHER QUE FAZ O PÃO é citada por Jesus em Mateus 13:33 e Lucas 13:20-21. Ele fala dela ao dar um exemplo de comparação com o Reino de Deus. Seu nome não é revelado.

Nove não são dez

Por **Natalia Assunção Lago**

"Ou qual a mulher que, tendo dez dracmas, se perder uma dracma, não acende a candeia, e varre a casa, e busca com diligência até a achar? E achando-a, convoca as amigas e vizinhas, dizendo: 'Alegrai-vos comigo, porque já achei a dracma perdida. Assim vos digo que há alegria diante dos anjos de Deus por um pecador que se arrepende.'"

Lucas 15:8-10

Não é exagero. Pode até parecer bobagem.
Mas me dá uma agonia, uma indignação
procurar e não encontrar.

Gosto de ordem. Memória treinada. Olhos atentos.
Sei muito bem onde guardo tudo.
Cântaros abastecidos
talhas organizadas por tamanhos
botijas enfileiradas
odres limpos e pendurados.

Sou sacerdotisa do meu lar.

Por isso varro uma, duas, três vezes.
Abro as janelas
deixo a luz entrar
não é o suficiente.
Acendo a lamparina. Ajoelho no chão frio. Procuro pelos
cantos. Bastante minuciosa.
Ainda não vejo nada.

Moeda pequena, paciência grande.

Você pode até dizer:
— Ora, esqueça essa insignificância! Ainda restam-lhe
nove!
E eu retruco:
— Nove não são dez!

Veja bem
é muito mais que uma questão de honra
é sobre ir atrás daquilo que já estava fadado ao fracasso.
Pode parecer mesquinho. Pode ser irrelevante para os
outros, mas é meu!

Eu sei o valor do perdido!

De repente alguma coisa reluz
brilho pequenino
tímido.
Estreito os olhos.
"Estava ali o tempo todo?"
"Escapou sem eu perceber?"
Talvez. Eu não sei. Isso já não me interessa.
Só importa que eu a encontrei!

Era apenas uma.
A única desaparecida
Errática.
Divergente.
Porém, nunca esquecida.

Reforço aqui: sei o valor do perdido!

Uma mínima ausência faz falta
sendo capaz de bagunçar a serventia do todo.
Não tenho medo de ir atrás
vale a pena buscar nos lugares improváveis
nos lugares óbvios também
nos esconderijos ou a céu aberto.
Recuperar e cuidar.

É hora de comemorar o sucesso desta busca.
Convidarei as vizinhas.
Elas se alegrarão comigo, porque o perdido foi encontrado.

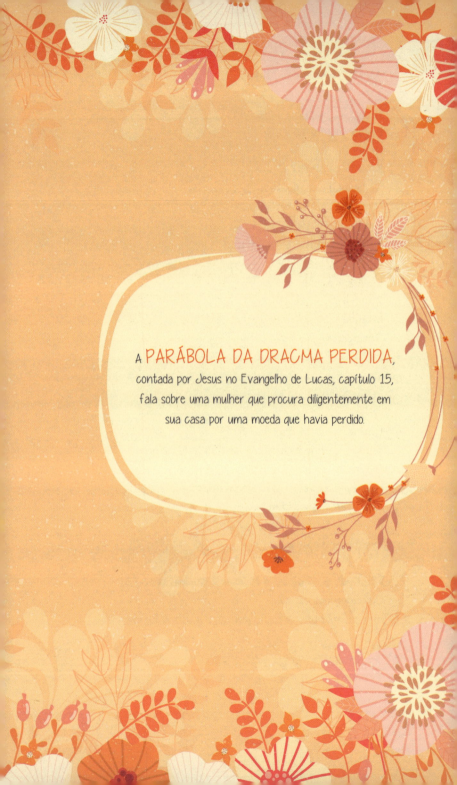

A **PARÁBOLA DA DRACMA PERDIDA**, contada por Jesus no Evangelho de Lucas, capítulo 15, fala sobre uma mulher que procura diligentemente em sua casa por uma moeda que havia perdido.

Eu aqui de novo

Por **Débora Otoni**

"Então Jesus contou aos seus discípulos uma parábola, para mostrar-lhes que eles deviam orar sempre e nunca desanimar."

Lucas 18:1

"Pedi, e dar-se-vos-á; buscai, e achareis; batei e abrir-se-vos-á."

Mateus 7:7

Oi, Deus, sou eu aqui de novo.
Sabe aquelas coisas que eu vivo pedindo, das quais eu vivo reclamando?
Pois é. Mesmo tendo todas as outras coisas — a vida e a saúde inclusive; estas outras partes me fazem falta.

A solidão acentua as carências.
O silêncio maximiza os vazios.
A falta de sentido aumenta a angústia.
Eu não aguento mais esperar.

Por favor, pelo menos uma coisa, de todas estas que te peço.
Até daquelas que tenho vergonha de pedir, porque Tu o sabes, até do meu silêncio. Das coisas que desejo sem emitir palavra.

Diz que água mole em pedra dura tanto bate até que fura.
Mas eu preciso é da água viva em vida dura, que quando bate, vem e cura.
Porque não é possível eu querer tanto e não achar contentamento que me baste a alma.
Talvez não seja uma questão de insatisfação. Talvez seja uma prova de insistência.
Mas o Senhor não é como os outros, de fato não há ninguém como Tu.
Você não brinca com o sofrimento nem com sentimento da gente.
Por isso, estou à porta e bato. Insistentemente.

Por isso, aqui outra vez. Olha a minha causa e não por minha causa.

Olha por favor e me ajuda a viver com o que não preciso.

Me ajuda a continuar sem entender.

Me ensina a confiar cegamente e a me lançar neste amor que é rio.

Me ajuda a finalmente ser (como) fonte.

A parábola da VIÚVA IMPORTUNA contada por Jesus é relatada no Evangelho segundo Lucas, capítulo 18. Ela insiste diante de um juiz para que julgue sua causa; até que sua insistência o vence e ele resolve a sua situação.

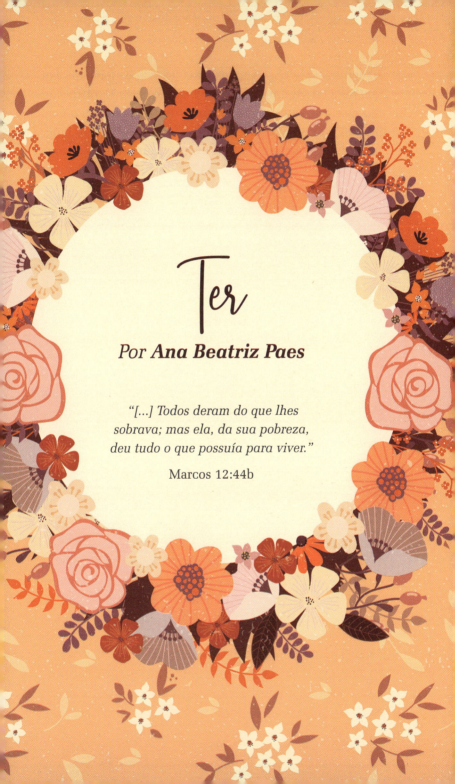

Ter

Por Ana Beatriz Paes

"[...] *Todos deram do que lhes sobrava; mas ela, da sua pobreza, deu tudo o que possuía para viver.*"

Marcos 12:44b

Há muitos anos observando a vida do lado de fora, aprendi que ser é ter. Para uma mulher, é a única possibilidade. Ter um marido — que tenha recursos —, ter filhos. Eu e meu marido nunca fomos ricos, mas ele nunca me deixou faltar nada. Eu, no entanto, deixei lhe faltar um filho. Eu sabia que ele me amava mesmo assim, porque não me abandonou, porém eu conseguia sentir seu pesar. Cuidávamos de um pequeno moinho. Com a farinha, eu fazia nosso pão de cada dia, e meu marido vendia as levas no pátio do templo. Ter alguém com quem compartilhá-lo é o que sinto mais falta.

Quando meu marido morreu, não pude tocar os negócios eu mesma, porque mulher não pode negociar. O nosso burrinho morreu e não pude comprar um novo, porque, mesmo se tivesse dinheiro, mulher não pode negociar. Com o tempo, perdi a força nos braços e não pude mais moer os grãos no pilão para assar meu próprio pão. Não tenho um filho que me sustente e, por isso, nem uma nora que me acompanhe. Depois de um tempo, houve uma infestação de gafanhotos na nossa pequena área de cultivo e eu perdi minha plantação de trigo, já extremamente reduzida, porque passei a fazer tudo sozinha. Depois de perder tudo o que tinha, perdi, enfim, a sensação do que é ser vista.

Tudo o que me restou é observar a vida na praça do Templo — os homens fazendo os negócios que não posso fazer, as mulheres andando com seus filhos que não posso ter. Vez ou outra recebo um pedaço de pão ou mesmo de peixe, pois basta um olhar para perceber que eu não teria outro jeito de arranjar um pouco de alimento. Uma vez, uma mulher compassiva me deu um frasco de mel que fiz durar meses. Aquela gota doce ao dia era o único contraste à existência amarga que me restara.

Como não tenho mais meu marido para me ensinar a Torá, sento-me no ofertório e escuto os ensinamentos relacionados à Corbã.[1] Como o meu frasquinho de mel, de gota a gota, as minhas últimas reservas se esgotam. Em minhas economias, eu só tenho mais dois léptons. Eles começaram a pesar em minhas mãos.

Havia um homem nas escadarias do Templo que ensinava sobre a Lei de maneira fascinante. Amava quando ele vinha para as redondezas do Templo porque nunca havia ouvido alguém que ensinasse a Torá com tamanha clareza e propriedade. Seus discípulos e outros curiosos o rodeavam de tal forma que eu não conseguia ver seu rosto, mas, já que suas palavras nos mantinham todos como que em transe, dava para ouvi-lo. Quando tudo o que você pode fazer é ouvir, seus ouvidos ficam treinados. Ele estava ali e falava ousadamente a respeito dos mestres da Lei que, ricos, se deixam levar por toda a pompa às custas das viúvas. Ao ouvir essa palavra, levantei o olhar. "Viúvas", como eu.

Havia um homem que finalmente não era da Lei, mas do Deus da Lei. Senti-me encorajada para dar o meu último passo de fé e entregar as últimas moedinhas que me restavam. O Templo agora era o meu lar.

Não havia visto que aquele homem tinha parado de ensinar e seguido para o ofertório. Ao chegar mais perto para entregar minha porção, o percebi sentado ao lado da caixa de contribuições. Ele observava tudo atentamente. Os ricos abriam seus sacos de moeda e os sacudiam do alto para que a prata fizesse o maior barulho possível ao cair sobre as outras moedas. Eles riam como se fosse música, mas o homem cerrava o olhar em reprovação à algazarra. Chegou a minha vez, e eu depositei minhas moedinhas. Eu não ousava olhar para o seu rosto. Retornando para o pátio, no entanto, tive de me virar quando o ouvi dizer aos seus:

---

[1]Oferta sacrificial.

— Afirmo-lhes que esta viúva pobre colocou na caixa de ofertas mais do que todos os outros. Todos deram do que lhes sobrava; mas ela, da sua pobreza, deu tudo o que possuía para viver.

Eu não tinha mais nada e, por isso, não era mais nada. Mas ele me viu mesmo assim. Ali, tudo o que eu tinha me passou a ser nada, porque nada se compara a ter o seu olhar. Eu daria tudo outra vez, mas não tenho mais o peso que amarra os ricos aos olhares da sociedade e seus valores voláteis. Que eu seja nada para eles! Eu tenho o Senhor e assim está bom. Um bom substituto para aquele mel, eu diria.

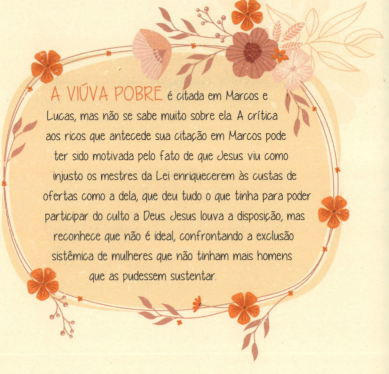

A VIÚVA POBRE é citada em Marcos e Lucas, mas não se sabe muito sobre ela. A crítica aos ricos que antecede sua citação em Marcos pode ter sido motivada pelo fato de que Jesus viu como injusto os mestres da Lei enriquecerem às custas de ofertas como a dela, que deu tudo o que tinha para poder participar do culto a Deus. Jesus louva a disposição, mas reconhece que não é ideal, confrontando a exclusão sistêmica de mulheres que não tinham mais homens que as pudessem sustentar.

A noiva e a candeia

Por **Ana Staut**

"As virgens que estavam preparadas entraram com ele para o banquete nupcial. E a porta foi fechada. Mais tarde vieram também as outras e disseram: 'Senhor! Senhor! Abra a porta para nós!' Mas ele respondeu: 'A verdade é que não as conheço! Portanto, vigiem, porque vocês não sabem o dia nem a hora!'"

Mateus 25:10-13

Eu disse à minha alma, espere. Espere firme e com esperança.

À luz da lua e das estrelas, ao brilho das velas que queimam na noite de núpcias, rogo ao Senhor que acalme meu coração e me torne amante alerta.

Relembro quem sou, quem serei.

Sou noiva em puro êxtase, que respira em pausas e se lembra: Ele virá.

A sabedoria e a prudência conquistam a tolice, e vejo a conduta dos néscios com a segurança de que não me desviei do caminho dos santos. A chegada do prometido é real, como ar e chuva. Não há dúvida em meus ossos, não há espaço para delongas.

Preparei-me para esse dia por toda minha vida, um ritual em minha juventude. Vesti a melhor túnica de linho branco, lavei os cabelos com mirra, perfumei minha pele. De joelhos orei pelo meu noivo, de manhã e de tarde, aguardei.

E se chegasse à noite, encontraria as lamparinas acesas, tremeluzindo, ansiosas. Às vezes, na escuridão e frieza do vento, algumas chamas podiam acabar se apagando, mas não havia o que temer. Mais óleo, mais luz. A fé reacende o ardor.

Então, na manhã de domingo, mensageiros correram pela vila, gritando:

— Ele está vindo! O Rei irá chegar na véspera da madrugada!

A casa estava pronta. A mesa estava posta.

Porta abre, porta fecha, passos ecoam e param.

Eu disse à minha alma: "Veja".

Entre a candeia e o óleo, meu coração se entregou ao próprio amor.

A parábola das DEZ VIRGENS é contada por Jesus no evangelho segundo Mateus, capítulo 25.

Mulher parindo

Por **Priscila Gomes Souza**

*"Digo-lhes que certamente vocês chorarão
e se lamentarão, mas o mundo se alegrará.
Vocês se entristecerão, mas a tristeza de vocês
se transformarão em alegria. A mulher que
está dando à luz sente dores, porque chegou
a sua hora; mas, quando o bebe nasce, ela
esquece a angústia, por causa da alegria de
ter vindo ao mundo um menino."*

João 16:20-21

Mais um dia amanheceu. Mais um dia virando de lado para levantar, o peso da barriga não permite mais amarrar as sandálias, elas ficam abertas como a cabeça quando para pra pensar sobre o futuro. A cada dia um incômodo novo. Já se passaram quase nove meses, e as luas cheias fazem companhia na roda de conversa entre as mulheres. Vizinhas, tias, comadres que contam suas experiências sobre o momento do nascimento. Algumas falas arrepiam, outras emudecem, parece um carretel de linha jogada, dando margem para mais um milhão de pensamentos. Tomo um chá de camomila, sentindo o cheiro bom entrando no corpo, e em silêncio faço uma oração para quando o momento chegar, naquele misto de medo e curiosidade.

Em um dia que depois saberia que não era mais um dia qualquer, as dores chegaram, se intensificaram e outras mulheres foram chamadas. A companhia na hora da dor, mesmo que silenciosa, é tão reconfortante. Eu tentava lembrar de tantas coisas e, ao mesmo tempo, me esquecia de tudo. Era uma angústia em ondas, momentos dolorosos sem rota de fuga. É o que é. Seco, intenso e participativo. É um movimento cansativo, que o corpo vai levando, mas ao mesmo tempo não se sabe para onde. Nem o tempo é capaz de conter, ele escapa, e eu nem percebi quantas horas já tinham se passado, a não ser pelo nascer do sol que entrava pela janela. Ele anunciava dores diferentes, mas um pouco mais carregadas de significado.

O temor de não conseguir, de não ser capaz, a aflição da falta de controle. A água molha os lábios e me lembra da vontade de chorar, de desaguar, da tristeza de sentir--se vulnerável. Pensava nas noites que viriam e em como seria essa jornada em equipe: enquanto muitos dormiam, eu conversaria com Deus e com meu bebê. E como a estreia dessa jornada causava ânimo e ao mesmo tempo ansiedade. Um descompasso de querer virar a página do livro, mas também escancarar a humildade de depender principalmente daquele que viu esse bebezinho quando ainda se formava em meu ventre. Ossos, coração rápido e nado animado nessa enorme barriga, que virou ninho, lagoa e passagem.

Acredito que essa é a palavra: travessia. Atravessar esse caos afetivo que está no ar. Essa tensão alegre, essa ambiguidade de sentimentos que podem quase ser cortados com a faca do pão. O corpo, a cabeça e a alma atravessam um caminho meio escuro, de meia luz, ora iluminado, ora penumbra. Olhando nos olhos de algumas das mulheres, me conecto e me deixo levar. Elas não precisam falar muito, mas a empatia é audível. E tem que ser mesmo. Hoje, quando me recordo desse dia, quero ser esse olhar e braços para outras que atravessarão essa ponte.

Mas, voltemos àquele dia. Naturalmente, hoje, contando para vocês, pontuo tudo de forma tranquila e racional, mas também visceral, da maneira que a memória acolhe e tatua na gente. A dor te impele a fazer acontecer; isso é bem estranho. Na verdade, é um paradoxo. Uma vontade de desfalecer, de deitar (mais do que o necessário), de desistir. Vamos falar dessa vontade de desistir: burlar os combinados e sabotar o caminho. E entendam, não há problema algum em diminuir o ritmo, pedir e descansar, tomar um fôlego, optar por uma alternativa, recuar um pouco. Porém, caminhar é necessário, às vezes literalmente. Entre uma onda de dor e outra, até me lembro de quem eu sou e onde estou. Às vezes, desistir não é opção. Este momento parece ser um deles. Até aparece o desejo, e entre ele e o ato em si, está a escolha. E por mais que neste momento não se tenha escolha consciente, ela aparece como o fogo de uma vela, humilde mais presente, iluminando tudo que já foi pensado e decidido em todos os meses que antecederam esse momento.

Ouvia desde sempre sobre a "mulher dando à luz" e nunca entendi muito bem, mas até que faz sentido. Vem uma força de dentro que é capaz de iluminar uma vila inteira. Uma coroação ardente de vida nova, e a lembrança da dor fica esquecida no meio daquela emoção aliviante. Uma alegria chocante, quase que assombrosa, invade quando aquele pequeno ser troca calor com a gente. Troca choros e panos ensanguentados. A luz se materializou no caminho e tudo se faz novo. A página virou, a lágrima escorreu e todos se sentem paralisados, já esquecidos da angústia de minutos antes.

E me lembro das palavras do Mestre, que disse que há tempo para tristeza, mas também há tempo para alegria. E esta ninguém pode nos tirar. Novas perguntas, dores e despedidas vieram depois desse dia de nascimento. Eu também nasci naquele dia, não foi só o meu bebê. A realidade cai feito uma pedra nos ombros, às vezes, mas quando me recordo daquele dia, meu coração transborda como um rio. Um rio desaguando no enorme mar, que ensina todos os dias a parir, renascer e ser.

MULHER PARINDO faz referência à ilustração feita por Jesus em suas palavras finais, se referindo a sua crucificação e ressurreição — o plano redentivo para a humanidade

Em sonho

Por **Ana Beatriz Paes**

"Estando Pilatos sentado no tribunal, sua mulher lhe enviou esta mensagem: 'Não se envolva com este inocente, porque hoje, em sonho, sofri muito por causa dele.'"

Mateus 27:19

Tudo estava escuro. Abri meus olhos. Estava em um campo, logo antes do alvorecer. A relva estava úmida de orvalho e um riacho burilava ao fundo. Comecei a caminhar em direção ao riacho, porque sentia uma sede absurda. Nesgas de claridade começavam a rasgar a linha do horizonte, e os pássaros começavam a se fazer ouvir ao longe.

Era uma cena de paz, mas algo parecia profundamente errado. À medida que o dia clareava, pude ver a imensidão do campo em que estava. Ele se estendia até onde os olhos podem ver, sempre plano, nenhuma árvore, nenhum monte, nem mesmo casas ou poços. Havia apenas uma silhueta, um animal pequeno.

Mas minha sede aumentava, e eu tentava seguir o som do riacho; no entanto, não via qualquer indicativo da sua presença. O animal não se movia. Os pássaros começavam a se pronunciar cada vez mais alto, e o riacho, a fluir cada vez mais forte. Mas não havia sinais.

Minha garganta estava tão seca que parecia que aos poucos se estilhaçava em cacos e se rasgava por dentro. Andando em direção ao animal, reconheci que se tratava de um cordeiro. Mesmo chegando perto, ele não se movia. Era extremamente manso.

A aurora, que era roxa, se tornou vermelho intenso. Olhei para o céu e vi surgirem os primeiros pássaros. Seu canto era desconcertante. Eles voavam em círculos; primeiro eram apenas dois, três, mas rapidamente se multiplicaram e se tornaram uma horda. O canto que era inquietante se tornava desesperador. Em vórtice, voavam em direção ao cordeiro. Ao chegarem perto, seu canto se tornou voz — gritos violentos passaram a ressoar: "Crucifica! Crucifica!"

Agonia tomou conta do meu coração. Eu fiquei desesperada e tentei fugir daqueles pássaros assassinos que mergulhavam no ar e atacavam o cordeiro. Mesmo assim, ele não se movia, nem emitia som. Comecei a correr, mas a terra agora era lama e prendia os meus pés. Ao menos, pensei, isso quer dizer que o riacho está por perto.

Nesse ponto, a sede mal me permitia respirar. Finalmente encontrei o fluxo de água. No entanto, assim que me ajoelhei e toquei a água, ela se tornou viscosa e opaca. Olhei para minhas mãos encharcadas em pânico — elas estavam sujas de sangue. Virei-me novamente para o cordeiro. Eu não havia tentado afugentar os pássaros e agora ele jazia lá, desfigurado, dilacerado, e os pássaros riam enquanto bicavam sua carcaça.

Acordei sem ar. Minha cabeça martelava e meu coração estava acelerado. Procurei pelo meu marido. Minha criada então me contou que o julgamento de hoje era diferente dos demais. "Um tal de Jesus", ela disse. Imediatamente entendi que o cordeiro do meu sonho era ele. A multidão lá fora gritava voraz e a agonia que senti de noite transbordava para o dia. Eu não podia, assim como no sonho, simplesmente não fazer coisa alguma. Desta vez eu não podia só assistir. Enviei uma mensagem para meu marido para que ele evitasse tamanha injustiça, mas ouvi o jorrar de águas, como aquele riacho. O problema é que agora eu sabia que não era água.

O que esse homem havia feito para que o odiassem tanto a ponto de o matarem de forma tão cruel, fazendo espetáculo do seu sofrimento? Eu não o conhecia, jamais o havia encontrado, mas tinha alguma coisa que, apenas na menção do seu nome, fazia o ar mudar. A minha sede era o anseio por algo que nunca pude provar, mas de que precisava intensamente. Justiça. Não podia acabar assim. Estávamos lidando com algo de cujas reais consequências não tínhamos noção. Derrotada e indisposta, deitei-me novamente.

Voltei ao mesmo lugar onde estava em meu sonho. O silêncio fazia o ar palpável de tão pesado. Eu estava imunda, meu vestido cheio de lama e minhas mãos manchadas de escarlate. Eu me senti atraída pelo cordeiro. Eu não faria isso normalmente, mas comecei a me aproximar da cena cruel. Eu chorava aos soluços pelo cordeiro. Como me doía! Eu não conseguia entender por quê. Ao chegar perto dele, no entanto, uma luz começou a irradiar de maneira tão forte, mas tão forte, que eu fui cegada e caí ao chão. O ar estava ainda pesado, mas dessa vez era diferente — era reverência. Sem entender, fiquei ali no chão, tentando processar o que estava acontecendo.

A luz se desvaneceu e deu lugar a um maravilhoso dia de primavera, a relva salpicada de margaridas, e uma brisa suave. Quando consegui olhar para frente, no lugar do cordeiro, agora havia um leão. De alguma maneira, não tive medo de que ele me atacasse. Ele mesmo se aproximou de mim e abaixou sua cabeça. Ele era gigante e sua juba era gloriosa. E convidativa. Não pude resistir e estendi minha mão para tocá-la. No segundo que o fiz, minhas mãos ficaram completamente limpas outra vez, mais do que já tinham sido um dia. Olhei para elas incrédula, enquanto meu coração retomava o ritmo, e eu podia respirar fundo outra vez. Aquele era o cordeiro. Aquele era Jesus.

A MULHER DE PILATOS é citada exclusivamente em Mateus, o que leva alguns a teorizar que ela seria de caráter alegórico. As esposas de oficiais romanos não tinham poder político, mas, como nobreza, tinham influência social.

Às margens, os portões

Por **Ana Beatriz Paes**

"Simão Pedro e outro discípulo estavam seguindo Jesus. Por ser conhecido do sumo sacerdote, este discípulo entrou com Jesus no pátio da casa do sumo sacerdote, mas Pedro teve que ficar esperando do lado de fora da porta. O outro discípulo, que era conhecido do sumo sacerdote, voltou, falou com a moça encarregada da porta e fez Pedro entrar. Ela então perguntou a Pedro: 'Você não é um dos discípulos desse homem?' Ele respondeu: 'Não sou'. Fazia frio; os servos e os guardas estavam ao redor de uma fogueira que haviam feito para se aquecerem. Pedro também estava em pé com eles, aquecendo-se."

João 18:15-18

Ser porteira não é um trabalho muito digno. É para órfãs, como eu, vendidas pelos outros donos de escravos para fazer os trabalhos que ninguém quer fazer. Como porteira, passo o dia inteiro plantada no pátio enquanto todos passam por mim. Sempre fora, jamais dentro. Exposta às intempéries e aos mandos dos homens.

Ser porteira é apenas ser uma extensão do portão, um aparelho, e não uma pessoa, mas isso até que tem suas vantagens. As pessoas conversam como se não houvesse ninguém para ouvir. É assim que você fica sabendo de muita coisa. Considero um consolo do meu trabalho. Posso passar frio, mas não é completamente tedioso.

Já tinha ouvido falar muito desse Jesus. O sumo sacerdote chega esbravejando a seu respeito por conta dos absurdos subversivos que o sujeito falava: "Como ousa!" Tenho de me esforçar muito para não demonstrar emoção, mas fico extremamente curiosa. Ainda bem que quem passa lá também são outros servos e guardas, que comentam não a partir do ultraje, mas da curiosidade, que é nossa. Ouvi dizer que Jesus falava coisas meio críticas e desconcertantes, profetizando a queda do Segundo Templo. Ele também tinha a língua afiada e chamava os mestres da lei de raças de víboras, e dá para entender por que eles ficavam bravos. Ele mandava lenha nos ricos, afirmando que não conseguiriam entrar no reino dos Céus, e defendia nossa causa. Isso eu admiro. Ninguém pensava em como os escravos se sentiam, mas ele dizia que nós também éramos importantes.

E ele também *fazia*. Os mestres da lei falam muito, mas consideram o falar fazer suficiente. Fazer é para gente como eu. Só que os servos voltam da feira com histórias de como Jesus cura os cegos e os aleijados por onde passa, até mesmo no sábado. Ele arranja jeito de dar pão para todo mundo e dança nos casamentos. Ele salvou uma mulher de apedrejamento e foi jantar com um publicano — isso eu não curti muito, mas enfim. Ele não faz distância de ninguém, como o sumo sacerdote faz, botando alguém como eu na porta para que ninguém ouse se aproximar. Virei sua fã por tabela, mesmo sabendo que nunca poderia conhecê-lo

Hoje, uma noite fria, a casa está mais movimentada do que o normal. Eu não estava entendendo o porquê, já que de noite não era para estar rolando atividades desse tipo. Entendi um pouco mais e, ao mesmo tempo, muito menos, quando três homens chegaram. João já tinha aparecido aqui antes, mas não conhecia os outros dois. Um deles parou diante do portão e ficou esperando. João identificou o outro como Jesus e eu tive de conjurar todas as minhas forças para não deixar meu queixo cair. Os deixei entrar, foi tudo tão rápido — Jesus estava finalmente na minha frente, mas algo parecia errado. Ele estava compenetrado, grave. Não olhou para mim e isso não parecia algo que Jesus faria. Algo deveria estar errado. João então falou que o terceiro homem era Pedro, e que ele estava com eles e poderia entrar também.

Pedro tinha uma aparência rústica, digamos assim. Isso me trouxe conforto, porque isso queria dizer que ele não era tão diferente de mim. E ele andava com Jesus, o que queria dizer que ele também acreditava que eu não era tão diferente assim. Mas ele estava inquieto; enquanto esperava, ficava andando de cá para lá, bufando impaciente, feito um dragão fumegante naquela noite gelada. João o chamou. Eu queria muito começar uma conversa, queria muito que Pedro me falasse mais de Jesus, talvez até me explicasse o que estava errado. Mas ele cortou: "Eu não sou seu discípulo."

Que mané "não sou seu discípulo"! Ele entrou aqui autorizado pelo cara que é comprovadamente discípulo de Jesus, dizendo que estava com eles, e agora diz que não é discípulo? A indignação tomou conta de mim.

Mas, ao vê-lo correr para o pátio para se recolher junto ao fogo, olhando para os lados, como se alguém estivesse esperando no escuro para o atacar, reconheci nele uma coisa que me acompanhava desde sempre, o pano de fundo constante dos pensamentos de alguém como eu: o medo. Me veio à mente a fúria do sumo sacerdote e o rigor da lei que defende. Me veio à mente a punição para quem não a obedece, da qual Jesus havia resgatado uma mulher. Me veio à mente um pensamento sombrio — se era Jesus quem estava resgatando o povo, quem é que ia resgatá-lo na sua vez?

Desceu como chumbo o entendimento de que hoje se tratava da sua vez. Eu fiquei olhando Pedro e os outros servos ao redor do fogo, mas sabia que Pedro sentia mais frio do que eu. Eu não quis te expor, Pedro, neste momento de terror. Eu queria dizer para você que vai ficar tudo bem, mas eu, escrava, um mero acessório, exposta ao frio, relegada ao portão, sempre às margens, não tenho nada para dizer, principalmente quando o único homem que poderia reverter essa situação acaba de entrar no domínio daqueles que fazem tudo para que ela permaneça para sempre assim.

A SERVA, ou escrava, mencionada em João 18:17, presenciou o primeiro momento em que Pedro negou a Jesus. Ela não tem seu nome revelado na Bíblia, mas algumas tradições afirmam que seu nome era Balila. A função de porteira normalmente era dada a escravas, velhas ou novas, e elas trabalhavam em troca de pão.

A primeira anunciadora

Por **Ana Staut**

"Disse ele: 'Mulher, por que está chorando? Quem você está procurando?' Pensando que fosse o jardineiro, ela disse: 'Se o senhor o levou embora, diga-me onde o colocou, e eu o levarei.' Jesus lhe disse: 'Maria!' Então, voltando-se para ele, Maria exclamou em aramaico: 'Rabôni!'"

João 20:15-16

Meu Senhor estava morto.

A perda era fel em minha boca, desolação em meu coração. Eles o haviam levado como um criminoso, amarrado seus pés e mãos e o pregado em uma cruz. O horror me marcara como ferro e fogo, incendiando.

Pedi por misericórdia, pedi por compaixão, e as vaias escarnecedoras encheram a colina de Gólgota. Puxei meus cabelos e rasguei o véu em minhas mãos, chorando e engasgando, o gosto de vômito ainda forte em minha garganta.

Meu Deus, por quê?

Desejei ser um ombro para Maria, uma irmã para João, mas a maldade havia nos roubado da Verdade Encarnada e meu coração doía, gritava, se desfazia.

Vê-lo padecer era como assistir ao apagar da última vela em uma noite escura. E quando assistimos seu último suspiro, o próprio Deus pareceu confirmar meus pensamentos, tirando do mundo qualquer sinal de graça.

Ó, Senhor, meu Deus, por quê?

Era cedo quando decidi caminhar até o sepulcro, apenas para sentar aos pés do túmulo. O mundo parecia normal novamente, mas não estava. Nunca estaria. O céu azul e as flores na estrada, as mulheres carregando vasos de água e os homens capinando seus campos me diziam que o mundo parecia normal, mas não estava.

Acelerei o passo, minha respiração inquieta. A angústia cresceu em meu peito e corri aos prantos, segurando as barras das minhas vestes com as mãos trêmulas. Disparei pela terra batida como nunca, saltando as pedras, desviando de pessoas, engolindo golfadas de ar e correndo até o sepulcro, e quando finalmente o vi, minhas pernas perderam a força.

O estalo dos joelhos no chão não era nada comparado ao choro que brotou de meus lábios. Estava vazio. O túmulo estava vazio.

A dor me cegou. O resto de esperança que havia se quebrou dentro de mim. Tudo doía, meus ossos latejavam. Chorei pelo meu irmão e mestre, chorei por sua morte violenta e pela dureza da barbárie que o perseguia até no descanso.

Curvei-me para olhar o sepulcro e me assustei, equilibrando-me para ficar em pé. Sentados, onde estivera o corpo de Jesus, um à cabeceira e outro aos pés, estavam dois anjos vestidos de branco.

Eram como homens, mas suas presenças reluziam como o tremular de uma flama.

— Mulher, por que você está chorando? — um deles perguntou.

Sequei meus olhos, tirando os cabelos rebeldes do rosto.

— Levaram embora o meu Senhor — respondi, surpresa por encontrar voz. — Não sei onde o puseram.

Os anjos me encararam, mas antes que pudessem me responder onde estava Jesus, o barulho de passos me chamou atenção. Ali ao lado, entre as flores de sálvia, estava um homem com túnicas usadas e simples. Seu rosto provocou algo em meu peito, mas não o reconheci. Em sua mão havia um único ramo de uma rosa de Saron. Certamente, era um jardineiro incomodado com minha tristeza.

— Mulher, por que está chorando? Quem você está procurando?

Aproximei um passo, juntando as mãos em clamor.

— Se o senhor o levou embora, diga-me onde o colocou, e eu o levarei.

O homem sorriu.

— Maria!

E meus olhos se abriram.

Como alguém que estava morto, poderia estar vivo? Como a escuridão poderia se tornar luz e o mar se tornar céu?

— *Rabôni!*

Lágrimas escorreram pelo meu rosto, de surpresa, de alegria, de esperança. Antes que eu pudesse correr para abraçá-lo, Jesus disse:

— Não me segure, pois ainda não voltei para o Pai, mas vá até nossos irmãos e diga-lhes: "Estou voltando para meu Pai e Pai de vocês, para meu Deus e Deus de vocês. Diga o que viu."

Eu poderia dançar, poderia cantar até os confins de Jerusalém.

— Vá, Maria! Estou voltando! — Jesus sorriu novamente, me apressando.

Minha risada subiu ao infinito em louvor e corri pela estrada de terra e pedra. Olhei para trás e não havia anjos ou o meu Senhor, mas a fé ardia em meu coração.

— Eu vi o Senhor! — gritei. E ri. E chorei.

O mundo ouviria.

Meu Senhor estava vivo.

MARIA MADALENA é descrita na Bíblia como uma seguidora e aprendiz fiel de Jesus, que foi livrada de sete demônios por Cristo. Esteve presente na crucificação, foi a primeira pessoa a ver Jesus e a anunciar sua ressurreição aos discípulos.

Diário de uma viagem

Por **Amanda Costa**

"Todos estes perseveravam unânimes em oração, com as mulheres, com Maria, mãe de Jesus, e com os irmãos dele."

Atos 1:14

Tudo pareceu um filme...

Quando o anjo Gabriel veio até meu quarto dizer que eu daria à luz ao Príncipe da Paz, eu mal pude acreditar! Meu coração bateu forte, minhas mãos ficaram geladas e borboletas dançaram em meu ventre.

Foi uma loucura, uma grande explosão de sentimentos impossível de descrever apenas em palavras! Ao mesmo tempo que eu sentia o meu corpo sendo preparado para receber o *Rei dos Reis*, a minha alma me dizia que um grande desafio me aguardava, mas que eu não precisava temer, pois teria ajuda divina para cumprir essa missão.

Então Jesus nasceu.

O Eterno veio ao mundo e eu o vi crescer em sabedoria, estatura e graça, diante de Deus e diante dos homens. Minha criança era tão inteligente, sinto que Jesus me ensinava mais do que eu poderia ensiná-lo. Não sei explicar muito bem, mas havia uma sabedoria divina que transbordava do meu pequenino. Ele era cheio de humildade, tinha um senso forte de justiça e no seu sorriso repousava a mais pura e genuína alegria!

Mas confesso que às vezes ele dava trabalho. Lembro quando, aos 12 anos, ele quase matou seu pai e eu do coração! Nossa família partiu de Nazaré até Jerusalém para celebrar a Festa de Páscoa. Comemos, bebemos e dançamos para o Altíssimo. Depois de muito aproveitar, voltamos em caravana para a nossa cidade, batendo papo e relembrando as delícias da festa. Eu estava tranquila, conversando com minhas amigas, mas durante a noite, percebi a ausência de Jesus.

Na mesma hora, meu espírito ficou aflito! Chamei José e decidimos voltar para Jerusalém, mesmo cansados após caminhar um terço de todo o percurso. Após três dias de buscas, choro e aflições, encontrei meu menino no templo, sentado entre os mestres, ouvindo-os e fazendo perguntas curiosas. Todos estavam espantosamente maravilhados com a sabedoria do meu pequeno!

Apesar de eventos como esse, Jesus foi um excelente filho: sábio, amoroso e muito educado. Vez ou outra eu lembrava das palavras do anjo Gabriel, quando me visitou naquela noite gelada e disse:

— Maria, não há nada a temer. Deus preparou uma surpresa: você vai engravidar, dará à luz um filho e irá chamá-lo Jesus. Ele será grande, será chamado "Filho do Altíssimo". O Senhor Deus dará a ele o trono de seu pai Davi. Ele governará a casa de Jacó para sempre e o seu Reino jamais terá fim.

Contudo, eu logo dava um jeito de desviar esses pensamentos e afastava a lembrança da minha cabeça. A real é que toda essa história me deixava ansiosa! Eu não queria nem imaginar o que poderia acontecer com meu menino...

Mas tudo mudou quando Jesus completou 30 anos. Lembro desse dia como se fosse ontem, sua vida foi transformada logo após ele ser batizado por João Batista, filho da minha prima Isabel, que em concordância com o Profeta Isaías, pregou a mudança de vida para o perdão dos pecados.

E lá estava Jesus, esperando sua vez.

Ele sempre foi manso e paciente, esperou todos serem batizados para só depois mergulhar no rio Jordão. Assim que ele emergiu das águas, o Espírito pousou em seu ombro em formato de pomba e uma voz de trovão falou diretamente dos céus:

— Você é o meu Filho, escolhido e marcado pelo meu amor, a alegria da minha vida.[1]

A partir daí, o ministério de Jesus começou e minha vida virou de ponta-cabeça! Imagina que meu filhinho, aquele

---

[1]Lucas 21-22, *A Mensagem.*

que saiu do meu ventre, passou a dedicar sua vida para ensinar ao povo, exortar os mestres da lei e curar os enfermos e atormentados de alma!

Sentia um misto de orgulho com uma pitada de frio na barriga. Jesus logo percebeu o estado do meu coração e disse que eu não precisava temer, pois era chegado o tempo! O Reino de Deus estava próximo, e a cultura celestial estava vindo de encontro a Terra.

Arrepiante, não é mesmo? Essas palavras contagiaram o povo, alguns pensavam até em revolução! No entanto, os fariseus, saduceus e demais mestres da lei estavam incomodados com toda essa situação, não gostavam das palavras de Jesus e buscavam formas de silenciá-lo.

Eu sentia que isso não ia terminar bem, mãe sente as coisas! Antes que eu pudesse fazer algo a respeito, vi meu maior medo se concretizando: prenderam meu filho e o condenaram à morte na cruz do calvário!

Jesus.

Meu menino.

Meu amado filhinho...

Quando crucificaram Jesus no madeiro, senti que estavam crucificando parte da minha alma, cada prego em suas mãos eram pregos no meu próprio coração! Eu estava com Maria, esposa de Clopas, Maria Madalena e outras amigas leais que me acompanharam nesse momento difícil. Nós chorávamos em voz alta e não podíamos acreditar no que estava acontecendo!

Então ele nos viu. Mesmo em seu maior momento de dor, ele sentiu a *nossa* dor.

Ele foi tão cuidadoso, compassivo, gentil. Jesus olhou para João, o único discípulo que foi corajoso para permanecer ao meu lado, e depois olhou para mim e disse:

— Mulher, aí está seu filho.

Em seguida, olhou novamente para seu discípulo amado e afirmou:

— Aí está sua mãe.

A partir daquele momento, aceitei o destino de Jesus e acolhi João como filho, pois percebi que somente desta forma a dor seria suportável. Eu decidi não crer no que os meus olhos viram, mas nas palavras de esperança que Jesus pregava. Comecei a lembrar de algumas conversas que seus discípulos me contaram:

— Ouçam-me com atenção. Estamos a caminho de Jerusalém. Quando chegarmos lá, o Filho do Homem será entregue aos líderes religiosos. Eles irão condená-lo à morte e o entregarão aos romanos, que irão zombar dele, torturá-lo e crucificá-lo. Mas depois de três dias, ele se levantará, vivo.

E por mais sobrenatural que pareça, isso realmente aconteceu! Depois de três dias, quando fui ao túmulo de Jesus para ungir seu corpo junto a Maria Madalena, Joana e outras mulheres, encontrei a pedra removida do sepulcro. Quase tive um treco quando ouvi um anjo dizer:

— O Filho do Homem deve ser entregue nas mãos dos homens pecadores, e ser crucificado, e ao terceiro dia ressuscitar[2].

Oh, que notícia maravilhosa! Nossa alma se encheu de alegria e fomos correndo em direção aos discípulos para contar o ocorrido, nosso Jesus estava vivo!

Chegamos afoitas e esbaforidas, falamos com alegria o que tinha acabado de acontecer. No entanto, ninguém acreditou. Os discípulos ficaram perplexos com a história, mas estavam relutantes em acreditar no que contamos. Apesar de ter sido nós, *as mulheres,* que ficaram aos pés de Jesus na cruz, não éramos consideradas testemunhas dignas de confiança.

---

[2]Lucas 24:7.

O próprio Deus teve que aparecer para os homens, primeiro no caminho de Emaús, depois à beira do mar de Tiberíades e, por fim, durante a Santa Ceia, dissipando todo o medo, raiva e revolta que borbulhava no coração dos seus amigos. Ainda tivemos o prazer de desfrutar quarenta dias da sua presença, ele continuava nos ensinando, exortando e enchendo as nossas vidas de amor!

Agora Jesus não era apenas o *meu filhinho*, ele se tornou *meu Senhor e meu Salvador.*

Sabíamos que ele teria que partir, pois só assim seu Espírito viria e seríamos batizados em poder. Ele abençoou todos nós, homens e mulheres, pediu-nos para permanecer em Jerusalém até o dia de Pentecostes, afastou-se e logo o Pai o elevou ao céu, em cumprimento às suas próprias palavras.

Diferente do que aconteceu no calvário, essa partida não nos deixou tristes, sentíamos a alegria dançar entre nós! Voltamos para a cidade em estado de júbilo e passamos a frequentar o templo com mais frequência. Queríamos louvar e bendizer o nosso Deus!

Quando não íamos ao templo, encontrávamos os discípulos no andar de cima de um aposento em Jerusalém. Pedro, João, Tiago, André, Filipe, Tomé, Bartolomeu, Mateus, Tiago (filho de Alfeu), Simão (o Zelote) e Judas (filho de Tiago) sempre me acompanhavam em oração, junto com Maria Madalena, Maria esposa de Clopas, Joana, Suzana, Priscila, Dâmaris e muitas outras mulheres que permaneceram firmes na fé.

A gente sabia que esse tempo de intimidade seria um bom prelúdio para as maravilhas que Deus estava disposto a fazer entre nós e por meio de nós, os primeiros mensageiros de seu filho Jesus Cristo.

Nosso coração batia forte, a mão ficava gelada e a cabeça estava a mil, pois sabíamos que a igreja estava prestes a explodir em cena! Era chegado o momento do corpo de Cristo ser *sal da terra e luz do mundo*, pois a criação aguardava com grande expectativa a revelação dos filhos de Deus.

Esperança em chamas, confiança no Altíssimo e uma vontade ardente de transformar o mundo. Estávamos sendo preparadas para *fazer na Terra assim como é nos céus*!

A Bíblia menciona algumas mulheres como DISCÍPULAS FIÉIS de Jesus Cristo. Junto com Maria, mãe do Messias, as mulheres permaneceram ao lado do mestre durante todo o seu ministério, acompanhando desde seus milagres e pregações até a sua morte na cruz do calvário. Elas foram firmes, ousadas e esperançosas, perseveraram em oração junto com os 120 discípulos até receberem o sopro do Espírito Santo, que derramou poder do alto com o objetivo de prepará-los para a Grande Comissão. Essas mulheres são mencionadas no livro de Atos, capítulo 1, versículo 14.

Depois do último capítulo

Por **Elisa Cerqueira**

"Um homem chamado Ananias, juntamente com Safira, sua mulher, também vendeu uma propriedade. Ele reteve parte do dinheiro para si, sabendo disso também sua mulher; e o restante levou e colocou aos pés dos apóstolos."

Atos 5:1-2

A gente também queria fazer parte daquela revolução. Era atraente a forma como eles falavam, as coisas em que acreditavam, a maneira como viviam. Eles eram controversos, mas era um movimento que aceitava todas as pessoas. Eles eram conhecidos como "Os do caminho".

Muitos deles, judeus deserdados pela família por abandonarem os ensinos da Torá e os costumes Judaicos; outros tantos, romanos, gregos e outras nacionalidades. Todos ainda embasbacados pelos eventos ocorridos na festa de Pentecostes e também por todos os milagres subsequentes.

Foi inevitável, gravitacional, para a nossa família fazer parte do movimento. Ananias está muito feliz e empolgado com a novidade, a leveza e os prospectos da comunidade. Os discípulos de Jesus e várias outras testemunhas ainda estão tentando decifrar tudo o que aconteceu: Jesus, suas palavras, sua vida, morte e ressurreição. "Quem é esse homem? Qual é sua natureza?" O diálogo gera curiosidade, paixão, devoção e intimidade. Entre teorias, indagações e fascínio, uma convicção: nossos corações ardem. Falar "Jesus" é como ouvir Deus falar "Haja luz!". É luz em um mundo de trevas e vida num mundo de morte. Absolutamente transformador.

Nosso movimento é realmente maravilhoso. Não é um sistema estruturado, é a construção de algo que vai mudar o mundo. Ananias não é mais o mesmo, envolvido em política, negócios e corrupção. Algo mudou dentro dele; algo mudou em mim também. Nossas refeições e reuniões na comunidade são cheias de vida. Nós compartilhamos os alimentos, visitamos pessoas que precisam de ajuda e conversamos sobre Jesus. E contamos as parábolas de Jesus e refletimos sobre seus significados. É um processo de crescimento e descoberta para todos nós. Esta é uma comunidade nova, onde ninguém tem todas as respostas, nem a certeza de como as coisas serão daqui pra frente. Isso faz de nós pessoas humildes, delicadas, e gera em nós um coração compassivo.

O que mais me atrai ao movimento é a ausência de hierarquia, a inclusão e a alegria. Não há gana por poder. É sobre vida, amor e generosidade. E existe lugar para nós, mulheres, fazermos parte dessa revolução. Eu sei que o mundo nunca mais será o mesmo. Não estou dizendo que é uma comunidade perfeita, porque nada é perfeito. Existem aspectos a serem retificados. O orgulho e a altivez humana dão suas breves aparições. E essas aparições geravam um buraco negro dentro de mim. Eu sou extremamente medrosa e um tanto ansiosa. Eu sempre tive muito medo, de confronto, de pessoas me olhando, de tomar a decisão errada, de desrespeitar minha família. Estar aqui significa, também, enfrentar vários medos, estar aberta à mudanças dentro de mim. E, às vezes, em vez de ser mais positiva eu fico pensando em como as coisas podem dar errado.

Quando se sabe como termina o último capítulo de um livro, a forma como lê-se a história é diferente do que ler não sabendo de nada. É difícil captar as experiências e a progressão das ocorrências. Quando lemos uma história que já "conhecemos", nós já estamos consumidos por nossos conceitos, pré-conceitos, razões, críticas e argumentos. Quando a nossa história for contada será após o final do capítulo, depois da publicação dos fatos. Sabe-se lá quem será o narrador, o tempo, a língua e a cultura dos leitores. A história de nosso movimento será conhecida por inteiro, o início, meio e fim. E depois do fim, manifesta-se a arrogância advinda do conhecimento sobre os eventos do passado. Mas, no tempo em que eles ocorreram, não existia orgulho de sabedoria. Porque, agora, a gente ainda está no meio, descobrindo, interpretando, sofrendo, cometendo erros, vivendo e sobrevivendo.

Preciso confessar que penso na nossa história muitas vezes com inquietude; ainda não estou curada do medo. Tenho medo porque a história sempre se repete. Eu temo que um dia seremos expulsos deste "Éden". Que o sistema hierárquico vai chegar aqui também, que nos tornaremos opressores, que teremos regras e imposições que ferirão as pessoas. Eu temo que a gula por poder, o dinheiro e a injustiça engolirão nossas boas intenções. Eu temo que nos tornemos somente mais um movimento entre tantos outros neste mundo e que faremos guerra também.

Eu penso sobre isso quando ouço uma fofoca depois de um almoço, um tom de altivez de alguns dos discípulos de Jesus ou quando vejo sinais de desvirtuação dentro da minha própria casa. Eu penso sobre isso quando membros da comunidade se sentem impelidos a fazer algo porque todas as outras pessoas estão fazendo. E, em nome do bem, começamos a esconder nossas convicções para fazer parte de um movimento que gera em nós a noção de pertencimento. E pertencer se torna maior do que todas as coisas, às vezes maior do que Jesus.

Eu penso sobre isso e fico com medo de como nossa revolução pode ser corroída, esquecida ou corrompida. Eu temo também que as pessoas saibam da minha existência, ou que me chamem pra falar em público. Mas o que mais tenho medo é que algum dia meu nome seja congênere e correlativo ao medo.

Mas, por enquanto, o último capítulo ainda não foi contado. Eu tenho que deixar de ser ansiosa. Eu ainda vivo aqui, no hoje, e ainda tenho tempo de não deixar que meus medos se façam minha voz. Tenho tempo para aprender com meus erros e fazer o bem ao meu próximo. Focar em conhecer mais sobre Jesus, entender sobre o Seu Espírito que permanece conosco. Eu tenho esperança para meu futuro, mas vivendo um dia de cada vez, um medo de cada vez. Pela primeira vez eu acredito no amor e acredito na transformação. Eu sei que Jesus é o dono do último capítulo, não os homem que contam nossa história, não os erros que cometemos e, certamente, não os nossos temores. Porque o Reino de Deus é diferente do reino dos homens e no Reino dele o amor é maior que o medo.

SAFIRA era a esposa de Ananias. Eles faziam parte da Igreja Primitiva em Jerusalém, "Os do caminho." Os dois morreram por mentirem sobre o valor da propriedade que venderam ao ofertarem o dinheiro à igreja. A sua história é mencionada em Atos 5:1-11.

といいます。

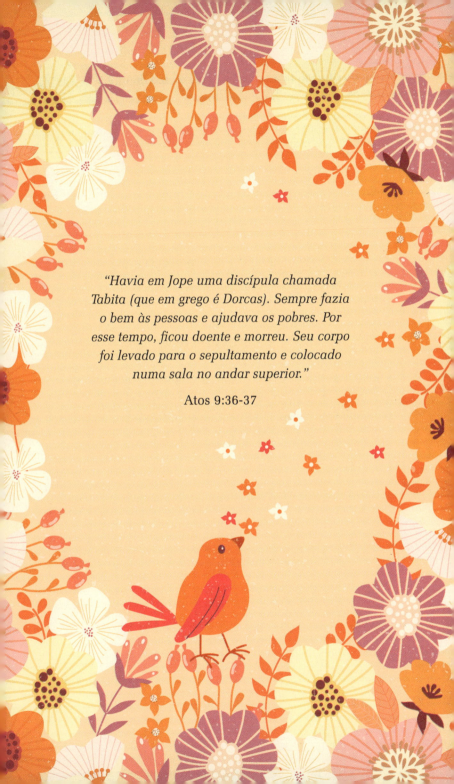

"Havia em Jope uma discípula chamada Tabita (que em grego é Dorcas). Sempre fazia o bem às pessoas e ajudava os pobres. Por esse tempo, ficou doente e morreu. Seu corpo foi levado para o sepultamento e colocado numa sala no andar superior."

Atos 9:36-37

Desde o dia em que aceitei a Cristo como Senhor e Salvador de todos os vales inóspitos do meu ser, passei a carregar a sensação de que morria diariamente.

"Morrer para si mesmo" era a cantiga com a qual Ele havia marcado minha alma.

Havia tanta incerteza nas ruas e um caos silencioso que tentava crescer em meu coração. Naqueles dias, morrer para mim mesma era a única forma de *realmente* viver. A partir daquele momento, a razão e até mesmo a gravidade não tinham mais controle sobre mim.

Os prenúncios da dor não mais nos aterrorizavam, eles nos animavam.

Maior a dor, mais perto Cristo. Maior a perseguição, maior a nossa esperança. De que o nosso sofrimento não seria em vão e de que o Senhor usaria tudo aquilo para algo. Para Ele.

A iminência da morte fazia, então, tudo nesta vida se tornar precioso aos meus olhos. Para alguém que cresceu em meio a peles, agulhas e tecidos, costurar nunca havia me parecido algo espiritual ou santo. Como poderia ser? Os sacerdotes nos templos adoravam a Deus constantemente e lhe ofereciam holocaustos, enquanto eu costurava vestes e as vendia por seis denários.

Foi quando morri para mim mesma que Cristo me mostrou que o meu corpo e, assim, minhas mãos, poderiam ser o seu *templo* e a costura, o seu *holocausto*. Eu nunca soube cantar ou compor, então costurar passou a ser minha adoração.

A graça era a linha pela qual Cristo costurava a minha vida às das outras pessoas à minha volta. Todos tecidos de sua grande tapeçaria. Eu criava por prazer e, pela graça de Cristo, vestia a muitos que precisavam, enquanto todos os dias sabia que estava sendo vestida por Ele.

Foi durante o crescimento de nossa comunidade que eu sentia o coração de Cristo tão próximo ao meu, de tal modo que quase podia ouvir suas batidas. E então eu morri.

Inesperadamente, acabou a linha, justo quando a obra parecia estar apenas no início. Eu não me lembro de lutar nem de conseguir verbalizar todos os motivos pelo qual não queria ir naquele momento. Fui simplesmente abraçada pelo vazio.

Sabia que a partir dali a história continuaria, mas, para mim, ainda havia tanto a ser costurado. O inverno estava chegando em Jerusalém e os filhos da viúva Ysmalia não sobreviveriam sem vestes apropriadas. Haviam tantos a serem vestidos. Tinha prometido a dois irmãos órfãos que lhes faria túnicas, os garotos nunca haviam tido muito mais na vida do que fiapos rasgados que lhes cobriam apenas a vergonha.

"Jesus, me deixe costurar!", clamei, antes que a própria voz abandonasse meus lábios. "Só me deixe costurar!" Chorei, sentindo sua doce presença tão perto que sabia que, se abrisse os olhos, poderia vê-lo.

Chorei ainda mais, querendo muito vê-lo. Era o desejo que consumia toda a minha existência. Mas, ao mesmo tempo, minhas mãos ardiam pelo trabalho que haviam deixado inacabado, ainda chamadas para serem templo e queimarem holocausto. Mesmo com a dor, mantive meus olhos fechados. Eu o veria um dia. Logo.

Se pudesse costurar o seu coração ao de outras pessoas como Ele havia costurado o meu, então a espera valeria a pena. O lamento foi a melodia que me trouxe de volta. A minha alma chorava pela distância em que havia sido novamente submetida, mas ao abrir os olhos percebi que muitas das lágrimas não eram minhas.

Eu veria o Senhor um dia, sim, mas naquele momento eu já o via. Mais de trinta pessoas cercavam a cama em que eu estava. Pude reconhecer em suas mãos muitas das roupas que eu havia feito. Elas enxugavam as lágrimas e me olhavam maravilhadas. Meus irmãos, minha igreja, minha família. As crianças vieram e me abraçaram, enquanto Pedro, o apóstolo, me ajudava a levantar lentamente.

Olhei em volta e tive certeza de que o coração de Cristo batia bem junto ao meu; era exatamente por Ele que eu, naquele momento, estava viva.

"Vamos costurar então." Senti o espírito do Senhor dizer ao meu.

"Sim, mestre."

DORCAS é citada em Atos como uma pessoa muito influente na comunidade cristã de Jope.

Rode

Por **Sara Gusella**

"Quando Pedro se deu conta disso, foi à casa de Maria, mãe de João Marcos, onde muitos estavam reunidos para orar. Ele bateu à porta da frente, e uma serva chamada Rode foi atender. Ao reconhecer a voz de Pedro, ficou tão contente que, em vez de abrir a porta, correu de volta para dentro dizendo a todos: 'Pedro está à porta!' Eles, porém, disseram: 'Você está fora de si!' Diante da insistência dela, concluíram: 'Deve ser o anjo dele.' Enquanto isso, Pedro continuava a bater. Quando, por fim, abriram a porta e o viram, ficaram admirados."

Atos 12:12-16

Você acaba aprendendo a ouvir bem quando se atende muitas pessoas, especialmente em uma casa como esta. O meu trabalho era a porta, eu a encarava durante todo o dia e tinha a sensação de que ela me encarava de volta. Com os meses passados, ela se tornou, talvez, minha mais próxima confidente; ela testemunhava minhas alegrias e meus temores a cada vez que eu a abria.

Quem está tocando? Eu já ouvi essa voz antes? Seria esse um *irmão*, como falavam, ou um perseguidor? Esse ressoar de passos do lado de fora e o toque que agora ecoa na madeira... Traria ele paz ou guerra?

Tudo dependia de mim, do quão atenta eu estava para ouvir. Ouvir, ouvir e ouvir. Era tudo o que eu fazia. Ouvia histórias que escorriam pelas paredes, reuniões secretas, orações que perduravam por toda a madrugada, relatos difíceis demais para acreditar, mas que eram acompanhados de lágrimas e expressões tão verdadeiras que era impossível não crer que haviam de fato ocorrido. Ouvir, aos poucos, me ensinou a acreditar. A ignorar os ruídos e a focar no que era essencial.

Foi por isso que, naquela noite, quando ouvi sua voz do lado de fora, nem por um segundo eu duvidei. A casa estava lotada, a comunidade inteira se abrigava ali para orar pelo apóstolo Pedro, que agora estava atrás das grades e com sua vida por um fio. Lágrimas e temor preenchiam todo o local, assim como o clamor e a espera de que um milagre acontecesse.

Foi no meio da noite que o milagre bateu à porta e eu fui recebê-lo. O tempo e o trabalho naquela casa aguçaram a minha audição, eliminaram as minhas dúvidas. Por isso, soube assim que ouvi. Era ele, Pedro, batendo à nossa porta; o mesmo Pedro que, naquele momento, deveria estar trancafiado em uma prisão, protegido por dezenas de guardas. Ainda assim não duvidei. Ouvi e aceitei.

Eu, que havia escutado e decorado tantas histórias, agora tinha a minha própria para contar. Havia presenciado um milagre! Tudo porque parei para ouvir.

RODE era a serviçal que trabalhava na casa de Maria, mãe de João Marcos. Ela era encarregada de atender a porta e testemunhava os que entravam e saíam das reuniões de oração. Ela é mencionada no capítulo 12 de Atos, onde reconhece que era Pedro à porta apenas por ouvir sua voz e corre para contar a todos na casa.

Moluscos, vazio e o encontro com a esperança

Por **Sara Gusella**

"No sábado, saímos da cidade e fomos à margem do rio, onde esperávamos encontrar um lugar de oração. Sentamo-nos e começamos a conversar com algumas mulheres ali reunidas. Uma delas era uma mulher temente a Deus chamada Lídia, da cidade de Tiatira, comerciante de tecido de púrpura. Enquanto ela nos ouvia o Senhor lhe abriu o coração e ela aceitou aquilo que Paulo estava dizendo. Foi batizada, junto com sua família, e pediu que nos hospedássemos em sua casa."

Atos 16:13-15

A maresia fazia coçar os olhos da mulher que caminhava à beira da margem do rio. O sol mal havia nascido no horizonte e seus pés já estavam mergulhados na água.

"Não precisamos trabalhar hoje", seu esposo tentou convencê-la mais cedo, enquanto ela deslizava para fora da cama. "Fique comigo", murmurou com voz sonolenta e voltou a dormir. Ela sabia que ele estava certo, sabia que poderia tirar aquele dia para descansar ou pelo menos dormir um pouco mais. Mas foi mesmo assim.

Naquele ponto não era mais uma escolha, mas sim uma necessidade. A recompensa de seu trabalho não era um sábado de descanso, era algo que ela ainda não havia encontrado. E, por isso, continuava trabalhando.

O mar a acalmava, assim como repetir a rotina de trabalho que cumpria sempre que não estava no mercado vendendo tecidos. Ela agora tinha empregados, pessoas que trabalhavam para ela e que poderiam muito bem poupá-la de todo aquele trabalho mais sujo, que era colher, um a um, moluscos no rio. Mas ainda assim ela o fazia.

Ela costumava ter nojo daqueles animais quando criança, que foi quando primeiro iniciou naquele trabalho, mas com o tempo desenvolveu uma certa afeição a eles. Gratidão era a palavra certa. Através deles, em um processo complexo demais para que sua mente compreendesse, ela extraia a tinta púrpura, a mais cara da região, e vendia seus tecidos arroxeados no centro, o que a fazia ter uma vida muito melhor do que a maioria das mulheres com quem havia crescido. Isso gerava uma leve inquietação que no fim do dia sempre a fazia se perguntar: "Por que eu? Por que justo eu fui ser tão afortunada? Não, por que não, *pra quê*?"

Moluscos, até aquele momento, era a única resposta. Os animais se remexiam na rede que ela sacudia enquanto caminhava pelo chão irregular de areia.

"Lídia!" Uma senhora de cabelos grisalhos e pele enrugada acenou para ela, a chamando à distância. Ela estava acompanhada de um pequeno grupo de mulheres mais jovens que Lídia, já em idade madura para o casamento.

Lídia se aproximou até a borda onde estavam, cumprimentou cada uma e se sentou ao lado delas.

— O quê te traz ao rio a essa hora da manhã? — A senhora perguntou, com olhos que inspecionavam seu estado de espírito. — Certamente não são os moluscos. — Ela notou o saco aos pés de Lídia. — Acredito que tenham mais do que o suficiente nos depósitos.

— Sim... — A mulher apenas concordou, balançando a cabeça, estava para poucas palavras naquela manhã. — Eu só senti que deveria vir, que precisava estar aqui... nesta manhã.

— Faz muito bem — A senhora deu uns tapinhas na mão de Lídia. — Nunca se sabe quando a esperança vai encontrá-la.

— O quê? — Lídia sussurrou.

— Ninguém que venha ao rio, no *shabat*, por vontade própria e não necessidade, está procurando outra coisa senão esperança. Ou melhor, o único que pode *dar* ela.

Lídia soltou um risinho, a senhora a conhecia desde pequena, sempre lia os seus silêncios, parecendo tirar palavras dos seus meros olhares.

— Eu me pergunto... Como a vida de alguém pode ser tão cheia e, ao mesmo tempo, tão... Vazia? — Decidiu se abrir com ela, sentindo a melancolia que tanto segurava vazar um pouco para fora.

— Mas o vazio não é ruim, ele acusa que tem algo faltando. O vazio leva ao mar, Lídia, e o vazio leva ao Senhor.

Lídia sorriu ao ouvir aquele termo. Um sorriso imaculado e puro, como os sorrisos que dava quando criança.

— Crê nele, não crê? — A senhora perguntou.

— Sim, com toda certeza! — Ela foi rápida em responder. — Porém não o entendo, nem o conheço. Creio na ausência que ele causa porque a sinto todos os dias. Mas reconhecer a falta de algo não é a mesma coisa que o *algo* em si. Entende?

Seu olhar transbordava dúvidas e, claro, o familiar vazio.

— Mas é claro — A senhora sorriu, estendendo as mãos para Lídia. — Venha, vamos orar, quem sabe não é hoje que o Senhor há de se revelar para você?

— Certo — Lídia aceitou suas mãos e, de forma silenciosa, as duas oraram juntas.

Antes de terminarem a oração, ouviram passos que se aproximavam. Lídia abriu os olhos e viu que um pequeno grupo de homens caminhava até elas. O que vinha à frente aparentava ser o mais velho, ele era baixo, calvo e tinha olhos cheios de compaixão.

— Bom dia, senhoras — ele as cumprimentou. — Aqui é o lugar determinado para orações, estou correto?

— Sim — a senhora ao lado de Lídia respondeu com um sorriso. — Por que não se juntam a nós? — Convidou-o.

— Mas é claro! — O homem sorriu e sinalizou para os que o acompanhavam. — Meu nome é Paulo — ele disse, sentando-se no chão. — E acredito que o Senhor me trouxe aqui para orar com vocês.

O espírito de Lídia se agitou dentro de seu peito, como se soubesse que após aquela manhã ela nunca mais seria a mesma. A esperança a havia encontrado.

LÍDIA é citada no livro de Atos e é, de acordo com a Bíblia, a primeira conversão registrada no continente europeu. Ela se tornou muito importante para a igreja em Filipos, abrindo sua casa para receber e servir seus irmãos na fé.

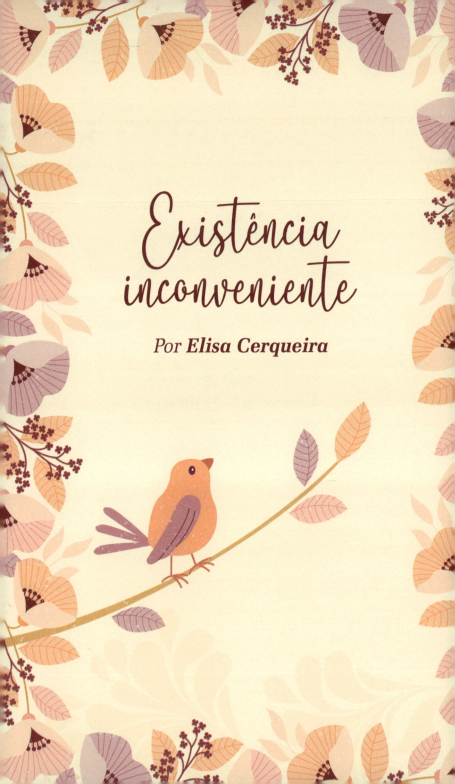

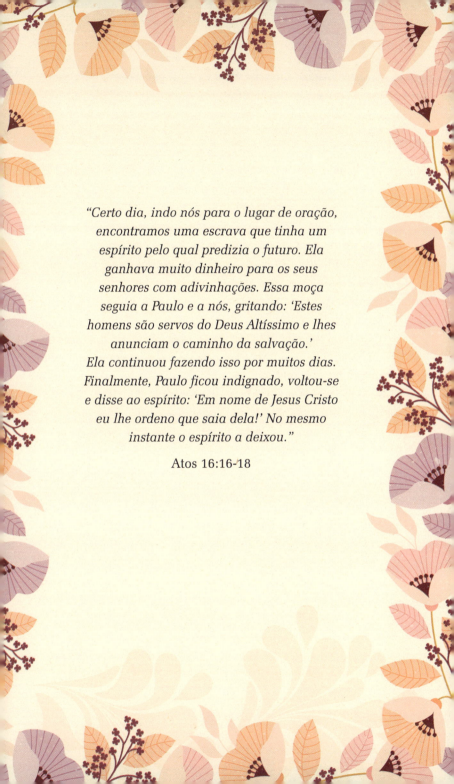

"*Certo dia, indo nós para o lugar de oração, encontramos uma escrava que tinha um espírito pelo qual predizia o futuro. Ela ganhava muito dinheiro para os seus senhores com adivinhações. Essa moça seguia a Paulo e a nós, gritando: 'Estes homens são servos do Deus Altíssimo e lhes anunciam o caminho da salvação.'
Ela continuou fazendo isso por muitos dias. Finalmente, Paulo ficou indignado, voltou-se e disse ao espírito: 'Em nome de Jesus Cristo eu lhe ordeno que saia dela!' No mesmo instante o espírito a deixou.*"

Atos 16:16-18

Eu nasci escrava, cresci escrava e provavelmente vou morrer escrava. Mas eu tenho um talento. Na verdade, é mais uma habilidade que aprendi e desenvolvi. Eu observo as pessoas, a natureza, seus caminhos, seus fenômenos e consequências. Essa sensibilidade de percepção me capacita a ler a mais lógica das possíveis previsões. Eu interpreto o comportamento da natureza e dos seres humanos.

Não é a prática de fraude, posso te garantir. E eu diria que é mais racional do que as pessoas pensam, mas na minha análise do mundo e das pessoas, todos gostam de chamar de adivinhação. O meu dono acha muito lucrativo, o que para mim não faz nenhuma diferença, eu sou uma escrava. O que importa é que eu tenho uma paixão, eu tenho importância, valor e propósito.

Esta habilidade pode ser usada para um show de horrores ou para injetar esperança aos ouvintes. Assim como qualquer outra prática, pode ser usada para o bem ou para o mal. Pode ser um jogo de manipulação, uma conta matemática, leitura de padrões ou profecia. Só depende do título da sua religião.

Não me odeiem ainda, bom, mas sei que vocês já. Por favor, reflitam comigo. Será que toda a verdade vem da verdade? E, se isso pode ser, então poderia ser que a verdade é em essência, boa? Não exatamente, pois nem toda verdade é boa. Mas por que então me repreender por dizer uma boa verdade? Um médico não é repreendido por anunciar um diagnóstico, seja de cura ou de uma terrível doença. Ou um meteorologista por prever fenômenos atmosféricos, seja um dia bonito ou um atroz temporal. Tais profissionais operam por sua destreza ou por encanto? E não merecem ser bem remunerados ao colocarem em uso sua aptidão?

Mistério é a matéria que ainda está oculta ao entendimento, são fatos que o cérebro ainda não conhece. E só porque o plano é desconhecido não quer dizer que seja perigoso ou maléfico. Mas para vocês, sim, não é mesmo, seguidores do apóstolo Paulo? Vocês não conseguem lidar com aquilo que não entendem e julgam profano o que não se alinha com a sua idealidade. As pessoas na história sofrerão por essa rigidez de pensamento. Pode chamar de adivinhação ou de possessão do mal, mas estou simplesmente interpretando seus sinais e trejeitos, seus medos e trajetos. Não é tão difícil prever o futuro, é só ler o passado e observar o presente.

Eu sei, eu sei, estou muito fora dos seus padrões de moral e linguagem, de expectativa e imagem. Estou além do critério das suas crenças e das suas filosofias. Talvez tenha sido mesmo da forma como lhes foi contado. Daquele modo como você sempre ouviu. Quem sou eu para articular uma nova leitura? Ai daquele que debate com as intocáveis e perfeitas palavras do seu livro. O que é percebido como verdade para vocês precisa continuar imutável, certo? Das mais complexas interpretações linguísticas e culturais, aos trocadilhos perspicazes de Jesus. Exceto que os trocadilhos foram escritos em grego e só funcionam em grego, e Jesus falava aramaico. Vocês não estudam e chamam de inabalável uma fé fundamentada em interpretações humanas em vez de no caráter de Deus.

Mas o que eu sei? Eu sou uma jovem escrava adivinhadora, possessa pelo *Pneuma Pythona*, de acordo com as palavras do seu líder. *Pneuma Pythona*, o espírito de Píton, uma cobra gigante ou um dragão que guardava o templo de Apolo; e supostamente morta pelo próprio Apolo, segundo a mitologia e religião greco-romana.

Você sabe sobre o deus Apolo? Ele era reconhecido como o deus da verdade, do sol e da luz, da música, da dança, da poesia, da cura, da profecia, dentre outros. Mas provavelmente é só mais um espírito imundo mascarado nas superstições e crenças de pessoas ignorantes. Nada tão sofisticado como virgens dando à luz e mortos ressuscitando. Me perdoe! Eu não estou zombando, mas simplesmente apontando que ninguém deve acusar membros das outras religiões como ignorante. Crenças são crenças e, por mais que cada uma se ache mais especial do que as outras, somos só pessoas famintas por respostas, por experiências. E se elas não convêm ao plano natural, recorremos ao sobrenatural. Mesmo assim, vocês acham que detêm a verdade e que suas caixas de certezas são melhores do que as outras.

Não é curioso que vocês acreditem que estou possessa por um dragão mitológico, mas é difícil conceber que a minha identidade possa ser explicada por minha habilidade de percepção do comportamento humano? Não, claro que não! A conclusão e diagnóstico mais racional é possessão. Pessoas que possuem uma aptidão que vocês não aprovam precisam continuar sendo envergonhadas e excluídas?

Calma, calma! Está tudo bem. Não se sintam tão ofendidos. Vocês não precisam abrir a cabeça para outras possibilidades. Pode ser muito arriscado. Minha perspectiva e contingência são demasiadamente rudimentares. Afinal, eu sou uma herege possessa por um símbolo da mitologia greco-romana. Qualquer alternativa que eu possa propor deve ser descartada, pois vocês já decidiram acreditar que eu sou má. Meu juízo já foi deliberado. Vocês não precisam pensar, estudar ou argumentar o *status quo* da sua fé. Desculpe minha existência inconveniente. Mas está tudo bem! Este monólogo é somente um desabafo de uma jovem, escrava e adivinhadora.

A JOVEM ESCRAVA ADIVINHADORA foi repreendida por Paulo enquanto gritava: "Estes homens são servos do Deus Altíssimo e anunciam o caminho da salvação." Sua história está em Atos 16:16-18.

Naturalmente ensinar

por **Priscila Gomes Souza**

"Saúdem Priscila e Áquila, meus colaboradores em Cristo Jesus. Arriscaram a vida por mim. Sou grato a eles; não apenas eu, mas todas as igrejas dos gentios. Saúdem também a igreja que se reúne na casa deles."

Romanos 16:3-5

Pensando hoje em como foi chegar até aqui, passou um filme na cabeça. As cicatrizes que Roma deixa vão além do que muitos imaginam. Às vezes ainda tenho pesadelos e acordo de sobressalto. Decretos sendo instituidos a todo instante, violência e guerra ganhando contornos naturais e cada dia mais cotidianos... Respiro o ar quente, acalmo-me e percebo que estou em casa, um lugar seguro. A vida amadurece a gente, mas eu posso dizer que amadureci cedo e rápido, talvez por isso combine tanto com a tradução do meu nome, que é, literalmente, "velhinha". Amadureci auxiliando e cooperando com a multiplicação da boa nova que um dia ouvi. Minha mãe conta que desde pequena eu era esperta, faladeira e observadora, prestando atenção em tudo que chegava na roda da comunidade.

Estamos neste mundo de nosso Deus, com a nossa fé no embornal do nosso coração, levando para lá e para cá essa fé, que não nos livra dos perigos sempre, mas dá um conforto tamanho para montar e desmontar acampamento. Acompanhando-me na estrada, sigo com meu amor, meu amigo, meu parceiro. Vamos lado a lado e temos conhecido muita gente. Esses dias eu perguntei a Deus: "Até quando, Pai, viveremos assim?" Ele nada disse, mas seu silêncio me trouxe à memória que a jornada somente se cumpre no céu, quando sentados todos, em volta da fogueira, poderemos dividir pão com o próprio Cristo.

Então, dia a dia abrimos nossa casa para falar, ouvir e ensinar. Confesso a vocês que há dias que não são fáceis. Chego do trabalho, fazendo tendas, esticando tecido, aliando comprimentos, cansada e empoeirada. Com muita humildade me considero mestre, porque independente do dia, se encalorado ou enlameado pós-chuva, abro as portas de casa e falo, leio e releio, como professora que não cansa de partilhar. Depois, algumas mulheres fazem perguntas a mim, e nossos olhares se cruzam em uma empatia tão profunda, como se dissessem: "Que bom que está aqui para evidenciar o quanto somos amadas, valorizadas e dignas de ensino pelo nosso maravilhoso Deus."

Seja ao entardecer, ao ligar a primeira lamparina e sentir o cheiro da querosene, ou no raiar da primeira luz do sol, com os primeiros cantos agudinhos dos passarinhos, nosso coração pede por companhia, e tiramos um tempo para contemplar nossa fé juntos. Espalhamos os tapetes no chão, as crianças correm pela casa, às vezes derrubam água sem querer, a cesta de pães vai aumentando, e muita gente da redondeza chega.

Aprendi a hospitalidade com minha família e, mais do que com eles, com o próprio Deus, que nos adotou como filhos e recebe todos com amor e acolhimento. Paulo, amigo querido que se achegou a nossa família e, como amigo chegado, por ele corremos vários riscos, mas em todos realizamos o que pulsa em nosso coração por amor a essa família que Deus nos deu. Ser uma mulher líder, citada em rodas de ensinos tão eloquentes, somente me mostra como Deus é gracioso em me ensinar cada dia mais. Como Ele próprio colocou um dom em mim que nem o mais teimoso preconceito da nossa época pode parar. Nossas habilidades são somadas na comunidade e, juntas, fazem o amor de Deus correr feito cavalo disparado.

Estou pensando na minha velhice, quero continuar armando e desarmando tendas, alegrando-me com minha família e ensinando. Não desejo grandes coisas, mas dessas que já faço, desejo continuar e parar somente quando a morte me chamar para conversar. Que as meninas, que hoje sentam aqui em casa com os pais, lembrem-se de que podem aprender as letras, os ofícios e o mistério de caminhar com Deus. Que elas não se envergonhem de querer mais, de abrir suas casas para passar tradições, textos e histórias. Que a contação de histórias vire costume na casa de cada uma delas. E, se meu nome tiver que surgir, que seja como aquela que amava tanto ensinar que, com gratidão, fez isso de variadas formas até o fim. Aquela que de forma detalhada falava sobre o caminho de Deus, sobre como ser forte mesmo sendo pequena e comum. Sim, porque as mulheres ditas comuns são aquelas que mais fazem coisas extraordinárias, seguindo sua fé e colocando suas vidas na mão daquele que é presente e digno de cada dose da nossa confiança. Transbordam feito fermento, porque nasceram para multiplicar.

PRISCILA é citada por Paulo, com muita gratidão, como colaboradora das boas novas do Evangelho, madura em ensinar e alegre em abrir sua casa para receber.

Sobre quem somos, o que buscamos e o que expomos

Por **Mari Aylmer**

> "E nós, concluída a navegação de Tiro, viemos a Ptolemaida; e, havendo saudado os irmãos, ficamos com eles um dia. E no dia seguinte, partindo dali Paulo, e nós que com ele estávamos, chegamos a Cesareia; e, entrando em casa de Filipe, o evangelista, que era um dos sete, ficamos com ele. E tinha este quatro filhas virgens, que profetizavam."
>
> Atos 21:7-9

Quem somos? Que importamos?
Quatro virgens, filhas do eangelista,
Mas se for ver bem, nem na cidade contamos
Nem no censo aparecemos na lista.

Não somos casadas, não temos filhos
Quatro virgens que o mundo não vê
Que propósito, se a vida não segue esses trilhos?
Que direito teríamos a exercer?

Mas Deus tem o seu lindo cuidado,
Debulha o mistério e do nada faz tudo
Traz à tona canto, onde o viver era mudo
Da colheita, a semente. Do ministério, o legado

Como disse o nosso convidado...

"Buscai com zelo os dons espirituais
Mas sobretudo que profetizeis
Pois que se o Espírito fez comigo
Por que não faria com vocês?"

Nós buscamos, clamamos, jejuamos
E o que era frio em chamas se aqueceu
Um borbulhar de Palavra carregamos
E o privilégio de ser boca de Deus

De onde éramos nada, hoje edificamos
Vivemos igreja, a *ekklesia* amada
Em cada coração, esperança plantamos
Que o Senhor tem propósito em cada jornada

Agora vejo que és profeta,
Agora vejo que Deus é poeta,

Pois que de quatro moças sem nome
Fez língua de fogo, papel e caneta

Cada palavra é semente plantada
Cada cumprimento, colheita esperada
O poder que há nelas, autoridade divina
E elas nunca devem ser negligenciadas

E você que nos enxerga agora,
Como andam as suas profecias?
Não deixe esse poder escondido
Declare por toda a noite que chegará o dia!

É como disse o nosso convidado...

Buscai com zelo os dons espirituais
Mas sobretudo que profetizeis,
Pois que se o Espírito fez conosco
Por que não faria com vocês?

AS FILHAS DE FILIPE cresceram ouvindo o Evangelho e as histórias de seu pai, um dos diáconos e evangelistas que aparecem no livro de Atos. Nada mais é dito sobre elas na Bíblia, a não ser que Lucas, Paulo e os que com eles estavam se hospedaram na casa de Filipe e acharam digno de nota que as suas quatro filhas virgens eram movidas pelo Espírito Santo e profetizavam.

A protetora de Paulo

Por **Leandra Barros**

"Recomendo-vos a nossa irmã Febe, que está servindo à igreja de Cencreia, para que a recebais no Senhor como convém aos santos e a ajudeis em tudo que de vós vier a precisar; porque tem sido protetora de muitos e de mim inclusive."

Romanos 16:1-2

Quem sou eu, Senhor? Quem sou eu para merecer tamanha honra? Quando eu, uma gentia, vinda da Grécia, batizada por meus pais com um nome pagão dedicado a ídolos, poderia me imaginar hoje, levando sob minhas vestes os preciosos escritos do apóstolo Paulo até Roma? E ainda contendo palavras tão lindas a meu respeito! Quem sou eu, Senhor? Que honra! Meu nome descrito nas Escrituras Sagradas... Quando eu poderia imaginar?

Eu queria que meu esposo estivesse vivo para ver. Pensando bem, se ele estivesse vivo eu não poderia me dedicar tanto a servir à igreja em Cencreia, como hoje faço, nem ao cuidado dos outros. Talvez nem teria tido o privilégio de conhecer o evangelho e receber todo ensino através do irmão Paulo e nem poderia dar abrigo a ele.

Te agradeço, Senhor, por ter me encontrado em meio à idolatria e à dor. E por tanto ter me perdoado. Não sei o que seria de mim se não fosse o Senhor e as Boas Novas com as quais me alcançou. Gratidão, Deus meu, por tão imenso amor e sacrifício, ao nos entregar seu filho, que morreu por mim quando eu ainda era uma pecadora. Seu único filho. Eu reconheço que não sei se seria capaz, se tivesse tido um. Obrigada por me aceitar apesar disso, meu Senhor. Tu sabes o quanto fui desprezada por nunca ter podido conceber. Mas graças a ti, em meio aos irmãos, agora sou mãe de muitos e, enfim, sei o que é também receber amor.

Não me importam os títulos, Senhor, tu o sabes. Sei que alguns irmãos discutem sobre isso, mas, se me chamam diaconisa ou não, tanto faz. O que me importa é te servir de todo o meu coração. Esta é minha forma de demonstrar-te minha gratidão. Nunca poderei pagar, é certo. Mas no que eu puder cooperar, sempre estarei ao teu dispor, de prontidão, investindo tudo que tenho e o pouco que sou na propagação do evangelho.

Estou muito feliz em poder, finalmente, fazer essa viagem a Roma, que o irmão Paulo tanto tem desejado, mas que ele não pôde fazer ainda. Vai ser muito bom poder precedê-lo, levando esta carta que prepara o caminho para que um dia ele também possa ir conhecer a igreja que se reúne ali. Clamo ao Senhor que me dê bom termo e que vá adiante para me guiar em tudo que me destes como missão para cumprir. Ajude-me também a desfrutar do cuidado dos irmãos e me permitir um pouco de descanso, sem pesar ou culpa. Tu sabes o quanto, ciente de todas as necessidades e urgências da pregação e dos santos, dar-me a este luxo tem sido difícil pra mim.

Que os irmãos possam, não só receber-me, mas, de igual modo, às suas palavras, que carrego por intermédio do apóstolo Paulo. E que eu não as leve somente nestes papiros, mas que as práticas destas Escrituras possam ser lidas em minha vida, para sua glória e honra, meu Senhor. Porque, como está escrito: "a vinda do Senhor está mais próxima agora do que quando no princípio cremos", e nos é necessário despertar do sono, "deixarmos as obras das trevas e nos revestirmos das armaduras da luz".

Que neste tempo em Roma, muitos possam "confessar com a sua boca que Jesus é Senhor e crer em seu coração que o Senhor", nosso pai, "o ressuscitou dentre os mortos, para que sejam salvos".

No mais, tenho paz, porque embora sejam muitos os perigos na estrada, especialmente para uma simples mulher, sei em quem tenho crido, e minha fé está na certeza do ensino recebido de que "todas as coisas cooperam juntamente para o bem daqueles que o amam e foram chamados de acordo com o seu propósito", pois preencho esses requisitos, acredito. Ao menos o amo, com todo meu ser, meu pai e meu Senhor.

Por tudo isso te agradeço e te suplico que vás comigo, em nome de Jesus, teu filho, amém!

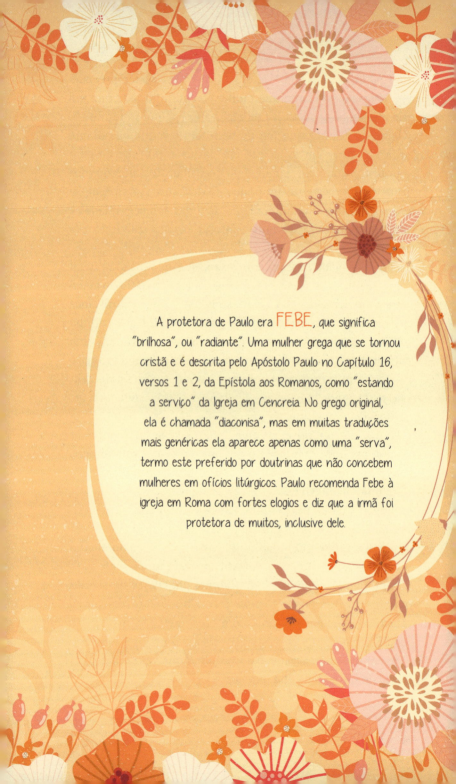

A protetora de Paulo era FEBE, que significa "brilhosa", ou "radiante". Uma mulher grega que se tornou cristã e é descrita pelo Apóstolo Paulo no Capítulo 16, versos 1 e 2, da Epístola aos Romanos, como "estando a serviço" da Igreja em Cencreia. No grego original, ela é chamada "diaconisa", mas em muitas traduções mais genéricas ela aparece apenas como uma "serva", termo este preferido por doutrinas que não concebem mulheres em ofícios litúrgicos. Paulo recomenda Febe à igreja em Roma com fortes elogios e diz que a irmã foi protetora de muitos, inclusive dele.

A primeira missionária

Por **Katleen Xavier**

"Saudações a Andrônico e à irmã Júnia, meus patrícios judeus, que estiveram comigo na prisão. Eles são apóstolos bem-conhecidos e se tornaram cristãos antes de mim."

Romanos 16:7 (NTLH)

Missionária de Sua palavra
Pregadora do Seu amor
Espalhei as Boas Novas
Em meio ao perigo e ao pavor

Na igreja primitiva de Jerusalém
Integrantes do ministério apostólico original
Tivemos a coragem de seguir em frente
Mesmo diante da perseguição brutal

O inimigo se tornou amigo
Os olhos cegos voltaram a ver
De perseguidor passou a perseguido
E sua história pôde reescrever

Por Cristo fomos presos juntos
Na caminhada pela verdade
Me tornei conhecida e honrada pelos apóstolos
Pela minha entrega e disponibilidade

Recebi a honra em forma de saudação
De Paulo, o grande pregador,
Por permanecer bravamente nessa missão
De proclamar a Jesus Cristo, nosso Senhor.

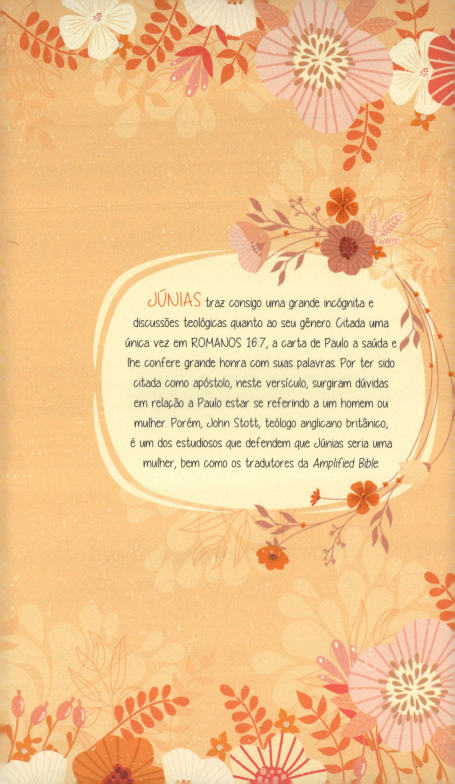

JÚNIAS traz consigo uma grande incógnita e discussões teológicas quanto ao seu gênero. Citada uma única vez em ROMANOS 16:7, a carta de Paulo a saúda e lhe confere grande honra com suas palavras. Por ter sido citada como apóstolo, neste versículo, surgiram dúvidas em relação a Paulo estar se referindo a um homem ou mulher. Porém, John Stott, teólogo anglicano britânico, é um dos estudiosos que defendem que Júnias seria uma mulher, bem como os tradutores da *Amplified Bible*.

Todas elas juntas num só ser

Por **Débora Otoni**

"Recomendo-lhes, irmãos, que tomem cuidado com aqueles que causam divisões e colocam obstáculos ao ensino que vocês têm recebido. Afastem-se deles.

Pois essas pessoas não estão servindo a Cristo, nosso Senhor, mas a seus próprios apetites. Mediante palavras suaves e bajulação, enganam os corações dos ingênuos.

Todos têm ouvido falar da obediência de vocês, por isso estou muito alegre; mas quero que sejam sábios em relação ao que é bom, e sem malícia em relação ao que é mau."

Romanos 16:17-19

Estava tão claro, e estava ali,
Tudo escrito,
Parecem não entender.

Está tão confuso e está aqui
Tudo sombrio,
Para uma mulher existir.

Fomos mencionadas, somos contadas
Estamos aqui e em todo lugar
Temos garra, temos fé
Nosso suor não nega a luta
Nossa esperança supera a dúvida.

Quem fomos e quem somos hoje?
Quem seremos amanhã?
Os frutos das sementes
que com lágrimas regamos dirão.

Mas com gratidão e gana, continuamos.
Em meio às injustiças e silenciamentos, lutamos.
Há de vir o dia que a felicidade vai desabar sobre nós!
A graça irá nos refrescar como chuva de verão
As palavras não irão mais nos repartir, elas nos ajuntarão.
O sol brilhará sobre nossas diferenças e desigualdades,
E enfim, seremos inundados por toda bondade e sabedoria.

Hoje, porém, lutamos.

O último capítulo da carta do apóstolo Paulo aos cristãos em Roma traz uma lista de fiéis aos quais manda saudações e recomendações. Incrivelmente, essa lista está repleta de MULHERES — chamadas pelo nome ou ANÔNIMAS. São elas Maria, Trifena, Trifosa, Pérside, Julia, a mãe de Rufo, Febe, Priscila, a irmã de Nereu. Que incrível saber que essas mulheres estavam ali! E não só de "corpo presente", elas eram ativas, tinham papel e função, voz, nomes, deixaram lembrança. Elas plantaram sementes que colhemos e das quais nos alimentamos até hoje. Graças a Deus!

A caixinha de Carrara

Por **Karine Oliveira**

"Saudai Rufo, eleito no Senhor, e sua mãe, que tem sido mãe para mim também."

Romanos 16:13

Nosso desejo era defendê-lo por amor a Cristo, contudo nada podíamos contra a multidão enfurecida. Corri mais que minhas forças, chegando ainda em tempo de ouvi-lo declarar: "Vejo os céus abertos e o filho do homem em pé à destra de Deus." O semblante de paz contrastava com o ódio estampado em seus acusadores.

Rufo me puxava pelo braço e, apavorado, dizia:

— Mãe, vamos sair daqui agora. Não podemos fazer mais nada. Eles vão matá-lo.

Antes, um rosto destacou-se em meio à multidão impiedosa. O prazer na morte de nosso irmão saltava-lhe aos olhos. Enquanto depositavam as vestes de Estêvão a seus pés, nossos olhares se encontraram. Ele, feito de ódio e fúria; eu, de um puro amor que não podia conter — não vinha de mim, senão de Deus.

— Cristo te salve — orei antes de perdê-lo de vista.

As pessoas se atropelavam pelas ruelas, ao som de gritos e palavras de ordem. A perseguição começou antes mesmo de chegarmos em casa. Ninguém era poupado: crianças, mulheres, idosos, bebês. Bebês! Eu sentia o fel da dor daquelas mães. Se confessavam a fé no Cristo, eram arrastados sem direitos e lançados no cárcere. Todos, sem exceção. Alguns morriam antes mesmo de cruzarem os portões de sua tragédia.

Não havia tempo de fugir, soldados e carrascos brotavam por todos os lados. O buraco nos fundos da casa era a única alternativa. Enquanto Rufo e os demais camuflavam a entrada de nosso esconderijo, apanhei o cesto de pães, assados de pouco, e um jarro com água. Foi o que pude carregar com as mãos trêmulas.

Na escuridão, ouvíamos os gritos de irmãos sendo arrastados pelas ruas. As garras do medo nos abraçavam e era preciso morder pedaços de pano para emudecer nosso pranto. O consolo era a certeza de os céus se abrirem aos nossos irmãos como a Estêvão e, caso morrêssemos, saber que também seríamos recebidos por nosso Senhor.

A porta bateu. Um grito delator quase me escapou. Ouvi a voz de Saulo ordenando a caça à minha família. Demo-nos as mãos e oramos, em silêncio, pelo livramento. A memória me trai, não sei ao certo quanto tempo permanecemos naquele buraco insensível, sem ver o sol. Lembro-me que a fome chegou e assentou-se conosco por dias. Quando tudo pareceu mais calmo, deixamos a cidade sem olhar para trás.

Daquele dia em diante, orava todos os dias pela salvação do jovem fariseu — Saulo de Tarso, o perseguidor de cristãos. Ainda que ninguém acreditasse, para mim era questão de tempo: ele seria um servo de Cristo, pregador do evangelho.

Durante as madrugadas, clamava pela sua vida, certa de que, se preciso fosse, o próprio Cristo se revelaria a ele em pessoa. Já não me lembro por quantos anos supliquei, meus joelhos o sabem. Apesar de repreendida por irmãos de fé apequenada, não desisti. Saulo era como um filho pródigo, necessitando do amor de Deus e da graça salvadora de nosso Senhor. Eu o amava como aos meus filhos de sangue.

Naquele dia, eu sovava uma massa quando Rufo entrou apressadamente pela cozinha com a notícia que esperei por anos. Saulo tinha encontrado o Senhor Jesus. Os joelhos gastos não suportaram. Caí. Enquanto Rufo me amparava, contava tudo sobre o ocorrido na estrada de Damasco. Saulo, agora chamado Paulo, era nosso irmão. Teria partido feliz, se este fosse meu último dia nesta terra. Contudo, o Senhor ainda me surpreenderia com alegria sobre alegria.

Anos mais tarde, cá estamos partilhando o pão e a fé. Enquanto sirvo a mesa para o almoço, Paulo compartilha conosco as notícias de sua última viagem missionária. As provações não o impedem de levar adiante o evangelho da graça. O sorriso, ainda maculado pelos hematomas da última prisão, estampam o amor a Cristo.

Por um instante, esqueci-me das panelas e agradeci a Deus por tão grande salvação. Antes, perseguidor de cristãos; agora, apóstolo de Cristo. Mesmo sendo criticado, preso e até torturado em nome do evangelho, ele não se cansa de anunciar a salvação em Jesus. Por muito menos, outros teriam desistido, mas suas cartas, escritas entre grilhões, ganham o mundo, espalhando as boas novas. Não fosse Rufo, teríamos ficado sem almoço, quase queimei toda a comida.

De todas as suas visitas, esta foi a que mais me marcou. Pela primeira vez, Paulo me chamou de mãe. Foi logo após o almoço. Rufo saíra para buscar mais trigo e alguns condimentos. Paulo precisava descansar e recuperar-se dos ferimentos antes de seguir viagem. Preparei unguentos e organizava ataduras, água quente e especiarias para os curativos, quando ouvi sua voz tão doce:

— Mãe, obrigado por cuidar de mim.

Quando me virei, já com as vistas nubladas, ele tinha em suas mãos uma caixinha de mármore branco. Sorrindo, continuou:

— Ainda que eu falasse as línguas dos homens e dos anjos, e não tivesse amor, seria como o metal que soa ou como o sino que tine. E ainda que tivesse o dom de profecia, e conhecesse todos os mistérios e toda a ciência, e ainda que tivesse toda a fé, de maneira tal que transportasse os montes, e não tivesse amor, eu nada seria. Quando te vi, mãe, no dia da morte do nosso irmão, não consegui te odiar. Não entendi o porquê, mas agora o sei. O amor de Cristo nunca falha.

Assentei-me ao seu lado e aninhando minhas mãos, ele revelou-me as verdades da cruz.

— Obrigado por nunca ter tirado a palavra de Cristo do seu coração. A tua grande fé muito me ensina. Talvez, a tua oração apressou-me ser alcançado pelo Senhor. Hoje, ao ver sua história, sei o que é ter esperança em meio à tribulação. Somente por nosso Senhor Jesus Cristo a senhora sentiria amor por alguém com o meu passado. Fé, esperança e amor emanam de ti, mãe, mas saiba que, desses três, o maior é o amor.

Uma lágrima regou o hematoma em seu rosto antes de ele continuar:

— Convicto estou que nosso Deus uniu nossas vidas por Seu amor. Dentro dessa caixinha há um manuscrito com o relato do meu encontro com Cristo. Quero que fique com ele. É uma lembrança do grande amor dele para conosco e um testemunho da sua fé. Se Ele alcançou a mim, alcançará a todos que o receberem. Agradeço ao nosso Deus e pai por conceder-me a graça de tê-la como mãe. Nosso parentesco é infinitamente superior à filiação de sangue, porque nasceu no coração de Deus. Amo a senhora.

Nada mais foi dito. Um longo abraço entre mãe e filho. Caso falasse, a caixinha de Carrara lhe contaria mais sobre o dia em que o Senhor me presenteou com alegria sobre alegria. Não tenho mais palavras, apenas sorrisos e gratidão.

MÃE DE RUFO é citada em Romanos 16:13. O apóstolo Paulo manda saudações a Rufo e sua mãe. Não sabemos seu nome, mas a carta aos Romanos deixa claro que Paulo a considerava como mãe. Alguns estudiosos fazem ligação entre esse Rufo, citado por Paulo, e o Rufo citado em Marcos 15:21, irmão de Alexandre e filho de Simão, o cirineu, que foi forçado a carregar a cruz de Cristo. Outros pesquisadores dizem que não podemos assegurar que se trata da mesma família, pois Rufo era um nome comum à época. Seja como for, a certeza que temos é que essa mulher dedicou amor maternal e cuidados a Paulo como se ele fosse seu próprio filho.

A carta da alegria

Por **Karine Oliveira**

"Rogo a Evódia e rogo a Síntique que sejam da mesma mente no Senhor. E admoesto-te também a ti, meu verdadeiro companheiro, que ajudes essas mulheres que trabalharam comigo no evangelho, e também com Clemente, e com os outros cooperadores, cujos nomes estão no livro da vida."

Filipenses 4:2-3

Filipos, Macedônia.

Amado irmão Paulo, a graça e a paz do nosso Senhor Jesus Cristo sejam contigo.

Foi com esperança que recebi as notícias trazidas pelo nosso companheiro de evangelho. Oro ao nosso Deus e pai, que continue revelando a graça de Cristo através de tua vida. Teu trabalho não é em vão no Senhor. Estou certa de que o nome de Jesus Cristo é conhecido por onde fores.

Enquanto meu coração se alegra pelo avanço do evangelho, envergonho-me por ser motivo de exortação perante todos os irmãos. Não vou me justificar, porque nada vale mais nesta vida que viver em Cristo. É fato que eu e Síntique temos nossas desavenças, cada qual tendo razão nesta ou naquela circunstância. Porém, tuas palavras, que são também de Cristo, abriram meu entendimento — nossas convicções e desejos pessoais não podem estar acima do propósito da salvação e do crescimento do evangelho do Senhor Jesus.

Tua vida é prova disso.

Como me deixei levar por murmurações e contendas? Ainda que a razão ache lugar em mim, ela não deve ser maior que a paz de Cristo e a comunhão com os irmãos. E muito menos deve apequenar a alegria e amor do Senhor em nós.

Bem disseste, necessário é que nos lembremos diariamente dos ensinamentos da palavra da salvação e que tenhamos a mente de Cristo.

Como a paz de Deus estará em mim, se não tenho paz com nossa irmã, Síntique?

Enquanto todos dormem, o pensamento de ter ferido o mandamento do nosso Senhor Jesus Cristo me consome. Onde está o amor dele em minhas ações?

A soberba tem me impedido de amar Síntique, mas graças a Deus por Jesus Cristo, que já me perdoou e me justificou na cruz. Agradeço por suas palavras e, apesar da vergonha, louvo a Deus por ter me repreendido. Quão grande é a misericórdia do Senhor para comigo, pois me mostrou que ao agir assim, ainda que em nome de Cristo, eu não herdaria o reino de Deus.

Tua carta me aproximou novamente de nosso Senhor Jesus. Quantas vezes nos disse, amado apóstolo, que devemos ser guiados pelo Espírito Santo?

Sou indigna de tanto amor da parte de Deus e de seu filho, mas Ele há de transformar essa vergonha em alegria, para a glória de Cristo. Sei que não é por meu próprio esforço, mas pelo Espírito que opera em nós; não usarei a liberdade a que fomos chamados para dar lugar à carne. Ao contrário, suplico ao Senhor que produza em mim o fruto do Espírito que falaste aos nossos irmãos na Galácia.

Logo ao amanhecer irei ter com Síntique para pedir-lhe perdão e fique certo que seremos conhecidas por manifestar a comunhão dos santos e o amor de Deus, o pai.

Perdoe-me por ser para ti motivo de preocupação, mas creio que, mesmo em minha fraqueza, o Senhor se revela a nós através de ti. Não me vanglorio das minhas atitudes; antes, arrependo-me perante Cristo por dar lugar à carne.

Deus, em toda a sua infinita misericórdia, por meio do sacrifício de nosso Senhor Jesus, transformou minha arrogância, revelando ao amado irmão como nos alegrarmos. Apesar das ansiedades desta vida, entre muitas, alegro-me por vê-lo em tão grande provação por amor a Cristo.

Pela graça de Deus, eu e Síntique deixaremos para trás essa mácula e seguiremos, como bem disseste, para o nosso alvo que é Jesus Cristo, nosso Senhor e salvador.

Nossos pais na fé já diziam: "O paciente de espírito é melhor que o orgulhoso de espírito." Tornei-me tola por deixar que a ira inundasse meu coração e, ainda que momentaneamente, esqueci-me do que recebemos do Senhor através de sua vida.

Antes de te escrever, fiz uma cópia desta última carta que enviaste para nossa igreja, assim garanto que teus ensinamentos estarão sempre vivos em mim, renovando a minha mente na palavra de Cristo.

Ainda envergonhada por esse episódio embebido de orgulho, dou graças a Deus em todas as coisas. Pela sua graça redentora, misericórdia e bondade, esse mesmo fato de desonra trouxe-nos tão grande revelação do que é viver em Cristo.

Relendo o final de tua carta, a vergonha deu lugar a alegria do Senhor.

Obrigada por ser tão paciente e nos escrever as mesmas coisas que já deveríamos ter aprendido. A paz de Deus guarde teu coração, e a alegria do Senhor te fortaleça para cumprir a missão que nos foi dada.

Oro para que essa carta da alegria ganhe o mundo e leve mais e mais pessoas a Cristo.

Deus nos conceda a benção de rever-te ainda nesta vida, antes do dia do Senhor.

A graça e a paz de nosso Senhor Jesus Cristo seja contigo, amado irmão.

Abraços fraternos,
Evódia

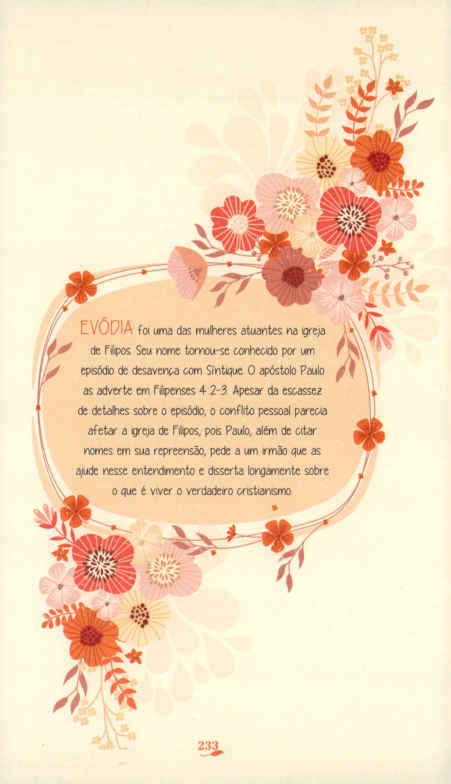

EVÓDIA foi uma das mulheres atuantes na igreja de Filipos. Seu nome tornou-se conhecido por um episódio de desavença com Síntique. O apóstolo Paulo as adverte em Filipenses 4:2-3. Apesar da escassez de detalhes sobre o episódio, o conflito pessoal parecia afetar a igreja de Filipos, pois Paulo, além de citar nomes em sua repreensão, pede a um irmão que as ajude nesse entendimento e disserta longamente sobre o que é viver o verdadeiro cristianismo.

Querido diário, que vergonha!

Por **Karine Oliveira**

"O que eu rogo a Evódia e também a Síntique é que vivam em harmonia no Senhor.

Sim, e peço a você, leal companheiro de jugo, que as ajude; pois lutaram ao meu lado na causa do evangelho, com Clemente e meus demais cooperadores. Os seus nomes estão no livro da vida."

Filipenses 4:2-3

Dia 20

Querido diário, que vergonha!

Hoje passei a maior humilhação de toda minha vida.

Epafrodito leu, perante a igreja, a nova carta do apóstolo Paulo, que está preso em Roma. Como aquele homem sofre por Cristo. Deus tenha misericórdia dele. É um verdadeiro exemplo para todos nós, isso é verdade. Ah! Mas ele foi injusto! Me desculpe a sinceridade.

Não ouvi tudo. Estava afogada em afazeres, para o bem da reunião. Olha a novidade, eu estava TRABALHANDO na igreja. Não estou reclamando, faço com amor, mas parece que ninguém reconhece o que faço.

Justamente por isso, não acompanhei toda a leitura, mas lá pelo final da carta, meu nome foi citado, junto com o daquela arrogante da Evódia.

Acredita nisso???? Eu e aquela vaidosa sendo repreendidas na frente de todos os irmãos.

E, o pior, pelo apóstolo Paulo! Senhoooor! Um verdadeiro vexame! QUE VERGONHA!

Não compreendo. Eu nada fiz, além da obra do Senhor. Acredita que ele diz que tenho que pensar o mesmo que ela? Pode isso? Acho que foi isso mesmo, pensar como ela. Jamais!

Depois da reunião, fui até o irmão. Eu queria ler a carta com meus próprios olhos, mas ele a emprestou para aquela metida.

Amanhã, sem falta, eu pego essa carta e tiro satisfações com o mensageiro.

Eu coopero na obra do Senhor desde as pregações à beira do Gangas, no início de tudo. Já cedi minha casa mil vezes, alimentei a todos em dias de reunião de oração, hospedei o apóstolo, organizo o evangelismo, até limpar o chão eu limpo. Tudo por amor à obra!

Será que o apóstolo esqueceu?

Eu até suspeitei do irmão que leu a carta. Vai ver que está escrito só o nome da Evódia e ele me colocou no meio porque ela sempre encrenca comigo.

Deus é justo! Isso não vai ficar assim.

Amanhã, saio antes do sol raiar e quero falar com o mensageiro.

Lembrar: comprar azeite para lamparinas.

Dia 21

Querido diário!

Estive com as irmãs de oração e todas estão do meu lado. Sou a que mais trabalha na igreja e nada fiz de mal para Evódia.

Tenho certeza de que foi a maledicência de alguns que chegou até os ouvidos do apóstolo.

Só me faltava essa, não posso nem discordar mais das pessoas? O que falo é o óbvio, ela não faz nada direito, tem umas ideias esquisitas e quer controlar tudo na igreja. Na verdade, estou ajudando na ordem e no bom andamento do evangelho.

Na volta, encontrei com uma amiga e ela disse que viu Evódia chamando no portão de casa. Ainda bem que eu saí cedo. Tenho certeza de que ela queria tirar satisfação, se fazendo de boa moça.

Que seja! De hoje, não passa!

Vou falar com Epafrodito. Na ausência de Paulo e Timóteo, ele deve responder pela ordem na igreja. Fui injustiçada.

Dia 22

Querido diário!

Peguei a carta do apóstolo Paulo e trouxe para ler com calma.

Ainda não li, mas já arrumei a lamparina. Comprei azeite e lerei logo depois dos afazeres.

Nem que seja madrugada adentro, vou ler CADA LINHA!!! CADA LINHA!!!!

Quero saber, exatamente, o que ele disse sobre mim. Duvido ter falado só de mim e de Evódia! Posso até não ser perfeita, mas quer saber, ninguém nessa igreja é.

Ouvi umas conversas por aí. Estão chamando essa carta de *A carta da alegria*. Quero ver.

Alegria de quem? Fui humilhada em público! Só se for alegria da turma daquela orgulhosa. Apesar de que o nome dela também foi citado. Mas ela merece, é uma prepotente, se acha a dona da igreja.

Lembrar: comprar tâmaras.

Dia 23

Oi, diário.

Passei o dia a trabalho nos arredores da cidade, perto do Gangas. Na volta, só encontrei aquela irmã que mora perto do fórum. Ela me disse que Evódia está me procurando por toda a cidade.

Li a carta. Não devolvi ainda. Minha mente está fervendo, parece que vai explodir.

Não quero dizer mais nada sobre isso hoje.

Tentei falar com Lídia, mas não estava na loja de púrpuras. Ela é mais sensata, parece feita de calma. Amanhã a procuro novamente, quero conversar com ela antes de ir ter com Evódia.

Acho melhor orar. O Espírito Santo há de falar comigo sobre o que fazer.

Dia 24

Diário, estou triste por ter julgado antes de conhecer e entender as palavras do apóstolo Paulo.

Orei muito esta noite e refleti sobre a carta e toda essa situação.

É a carta mais cheia de amor escrita por ele.

E... E ele está na... Na prisão.

Meu Deus! Como pude ser tão egoísta e orgulhosa?

Posso imaginá-lo escrevendo, entre cuidados com Epafrodito, que foi levar notícias da igreja e nossa oferta ao apóstolo, mas adoeceu. Era para ele ajudar Paulo, mas foi o apóstolo que cuidou dele, mesmo estando preso e à mercê das autoridades do tribunal. Fiquei pensando o que as notícias do processo fizeram com sua esperança. Fosse eu, já teria morrido.

E o que ele nos ensina? A nos alegrarmos sempre no Senhor!

Meu coração se parte ao ler que temos irmãos que pregam a Cristo por egoísmo e inveja.

Mas a minha maior dor é que eu estava entre os que criam contendas entre os irmãos.

Posso ter minhas razões, mas que me adianta a razão se não tenho paz com Evódia e as demais irmãs? Se não tenho paz com elas, não tenho paz com Deus.

Misericórdia, Senhor! Não tenho a alegria do Senhor! Que paz é essa que guarda corações e mentes? Nunca senti isso.

Supliquei a Deus que me dê essa paz, não quero mais viver assim. Fiz como Paulo orientou: me alegrei no Senhor por todas as coisas, orei, supliquei e já agradeci.

E pensar que o apóstolo poderia estar com Cristo, o que é muito melhor, mas ainda pensa em nós. Apesar de todo o seu sofrimento, está pronto a nos ajudar a enxergar a riqueza do evangelho e a viver em Cristo.

Não fosse madrugada, iria procurar Evódia agora mesmo.

Porque apressei a minha ira? Sinto-me tola.

É isso, diário, o apóstolo Paulo tem razão, tive por deus meu próprio ventre.

Mas eu vou me alegrar no Senhor e, amanhã mesmo, pedir perdão a Evódia.

Dia 25

Amado diário, tenho tanto para lhe contar.

Levantei bem cedo, fiz bolo de tâmaras e algumas receitas de minha avó.

Achei que seria de bom grado não chegar de mãos vazias.

Passei primeiro pela loja de Lídia, mas ela não estava lá. Mesmo assim, segui para a casa de Evódia. Eu sentia meu rosto quente pelo caminho do Gangas, devia estar vermelho. Ainda tenho vergonha de ter criado tanta contenda e discórdia entre os irmãos.

E por quê? Por ego, puro ego.

Mas isso ficou no passado.

Acordei com uma alegria que não cabe em mim e uma paz…

É um sentimento estranho, nunca senti isso, mas é tão bom!

Paulo tinha razão, a paz de Deus é tudo. Até meus pensamentos mudaram, acredita?

Quando virei a última curva da estradinha, antes da rua da Evódia, meu coração disparou feito um cavalo louco. Até pensei em voltar outra hora, mas algo me empurrava para frente. Era um desejo de ficar bem com todos.

Percebi certo movimento na casa e quis desistir. Mais gente na casa significaria mais vergonha para mim em reconhecer meu erro. Fui assim mesmo.

Enquanto tentava abrir o portão, Evódia apareceu, como se já soubesse que eu viria.

Estava sorrindo e logo atrás veio Lídia, rindo alto.

Fui tão bem recebida que fiquei constrangida. Lídia foi levando o bolo para dentro e Evódia, com um brilho diferente nos olhos, me abraçou.

Não falamos nada por minutos. Podíamos sentir o Espírito Santo em nós e, pela primeira vez, sentíamos o mesmo, como Paulo disse.

Que dia maravilhoso tivemos! Glória a Deus! Que dia! Que dia!

Lídia nos alegrava com suas histórias de viagens a negócios. Meu bolo de tâmaras fez sucesso! Não sobrou nem um pedacinho.

Lídia foi adiantar o almoço. Evódia e eu conversamos longamente e relemos trechos da carta de Paulo.

Evódia é ágil, já copiou a carta. Excelente!

Combinamos de estudar juntas as orientações do apóstolo nesta carta e também em outras, como a que ele enviou aos Gálatas. Aquela carta é demais.

Contei-lhe sobre a paz que estava experimentando e ela disse que também estava se sentindo assim.

Isso não é maravilhoso? Deus é bom!

A tarde foi tão divertida que até esquecemos da hora.

Sabe o que descobri? Lembra daquela confusão na igreja mês passado?

Descobri que Evódia queria o mesmo que eu. Olha isso!!!!

As conversas atravessadas criaram toda aquela situação. Ou seja, diário, brigamos por nada. Discutimos por concordar, sem nem saber.

Decidimos não mais acreditar em conversas que chegam pelo vento.

Vamos resolver tudo entre nós e fazer como Paulo disse: seremos famosas pela nossa amizade.

Ainda vamos discordar em algo? Claro!

Afinal, Evódia tem um péssimo gosto para flores e tecidos. Fora a mania de varrer sem antes salpicar água no chão. A igreja fica só poeira.

Mas não será por flores feias ou por uma nuvem de pó que vamos brigar, não é mesmo? Afinal, eu também não me dou bem com as panelas. Nem meu cachorro come minha comida! Já bolos e doces são comigo mesmo.

Além do mais, outras irmãs têm boas ideias. Só precisamos ouvir mais do que falar. Ainda bem que Lídia entende de tecidos, já eu, nada sei de púrpura e linho.

Escrevi muito hoje! Estou animada e muito alegre!

Fui idiota de viver arrumando confusão, quando é muito melhor viver alegre e em paz. Estou até achando que minha pele melhorou de ontem para hoje.

Como sempre diz o apóstolo Paulo: a graça e a paz do nosso Senhor Jesus Cristo seja com todos! Bonito isso, não é? E inspirado também.

Só mais uma coisinha que descobri: "alegria" vem de "graça";[1] nunca tinha reparado nisso, acredita? Devo ter faltado a essa aula de grego.

Lembrar: comprar mais tâmaras para o bolo da reunião de oração das irmãs na quinta-feira.

---

[1] A palavra utilizada para "alegria", no original do Novo Testamento em grego, é χαρά (chara), que está relacionada com a palavra "graça", do grego, χάρις (charis).

SÍNTIQUE foi uma mulher da igreja de Filipos, na Macedônia. Em Filipenses 4:2-3, o apóstolo Paulo pede para que Síntique e Evódia vivam em harmonia. Paulo não revela detalhes, mas, pelo teor da carta ao Filipenses, a desavença entre as irmãs parecia ameaçar a unidade da igreja local. Além da repreensão ser direta, Paulo escolhe um irmão para ajudá-las a se entender e orienta os cristãos de Filipos para o que é viver sempre alegre no Senhor.

A esposa submissa

Por **Raquel Araújo**

"[...] dando sempre graças por tudo a nosso Deus e Pai, em nome de nosso Senhor Jesus Cristo, sujeitando-vos uns aos outros no temor de Cristo. As mulheres sejam submissas ao seu próprio marido, como ao Senhor..."

Efésios 5:20-22

"Habite, ricamente, em vós a palavra de Cristo; instruí-vos e aconselhai-vos mutuamente em toda a sabedoria, louvando a Deus, com salmos, e hinos, e cânticos espirituais, com gratidão, em vosso coração. E tudo o que fizerdes, seja em palavra, seja em ação, fazei-o em nome do Senhor Jesus, dando por ele graças a Deus Pai. Esposas, sede submissas ao próprio marido, como convém no Senhor."

Colossenses 3:16-18

Leu meu nome e já sentiu arrepio antes de eu começar a me apresentar? É normal. Respira fundo. Pode virar a página pra ver por quantas palavras vou me alongar, mas continue aqui, por favor. Vamos juntas nos próximos minutos, queria que você me conhecesse por minhas palavras.

Junto com minha irmã, a Mulher Virtuosa, eu talvez esteja no topo da lista das mais mal compreendidas da Palavra. Muita gente diferente, de opinião diferente, de lado diferente tenta me usar como argumento dos seus direitos e deveres. Com o tempo, virei motivo de desacordos e desarranjos, inclusive entre as irmãs da fé.

Mas calma. Aqui nesta conversa tem espaço pra você. Seja você das que pensam que sou uma farsa, fruto de pressão sociocultural; ou das que acham que sou o suprassumo da feminilidade. Não me ponha rótulos já de cara, por favor.

Precisa de uma água? Te espero.

Me conhecer pode ser um desafio. Mas com certeza e sem pretensão: me conhecer, como fui criada para ser e viver, é libertador.

Vou ser franca, de mulher pra mulher (não complete o *merchan* pois ninguém recebeu o jabá por ele), não vou te explicar tudo sobre mim aqui. Não cabe por agora neste espaço. Mas quero esclarecer alguns boatos e interpretações incompletas que têm circulado sobre minha pessoa.

Talvez, assim, me conhecendo melhor, possamos caminhar juntas. Sem pressão ou pressa, mas com os olhos e corações naquilo que nos é peculiar e principal.

Eu sou, antes de tudo, criatura. Fui feita à imagem e semelhança do Deus eterno, que me teceu mulher no ventre da minha mãe, e foi Ele quem escreveu meus dias. Me ver e entender criatura já me desnuda das minhas idolatrias. O que tenho eu que não tenha primeiro me sido dado?

Não surgi neste mundo na minha própria vontade. Fui feita. Imaginada por Alguém completamente fora do meu controle. Vivificada por Alguém completamente além das minhas forças. Amada por Alguém completamente entregue por mim.

O problema é que eu, criatura, nasci em pecado. Sou pecadora. Desprezível. Tal e qual o restante da humanidade. Todos na mesma condição. Todos.

Eu sei, falar de pecado é difícil. Desde os primórdios a gente tenta negociar o que pode e o que não precisa mais ser chamado de pecado. Nada novo debaixo do sol. A gente tenta aliviar nossa situação por nossas próprias pernas. É, acho que meu título deveria ser "a mulher que fala de assuntos desconfortáveis". Mas, quer eu aceite ou não, concordando ou não, é esta a realidade. A minha realidade.

Uma criação inteira limitada por falhas e faltas, por desejos e desprezos. Uma criação inteira subjugada ao salário do pecado. À morte. À finitude.

Eu sou uma criatura que escolheu o caminho errado. Eu me distanciei do meu Criador. Eu escolhi achar que daria conta de conhecer o bem e o mal — e que era isso que me tornaria tão grande como Ele.

Só que o Criador não me deixou só. Ele me viu morta em meus delitos e pecados e resolveu minha situação. Ele veio. Nada que eu pudesse fazer resolveria, a não ser que Ele viesse por mim. A não ser que Ele pagasse minha conta. Eu jamais daria conta de suportar tamanho peso.

O Criador veio como o Cristo. O Ungido. O Escolhido. O Esperado. E me resgatou da minha morte. Me deu vida em abundância. Me deu vida eterna. Graça sobre graça a uma criatura que não merecia tudo que recebeu.

A minha vida, agora, é dele. Não sou mais eu quem vivo, mas é Ele em mim. Aí ou aqui, talvez, o assunto volte pro desconforto. Porque agora, envolvida e resgatada por este amor, eu não me vejo com outra possibilidade a não ser me perder neste amor.

É porque só me perdendo que me encontro. Só serei feita nova quando me entregar por completo, quando sujeito a Cristo meus pensamentos, meu corpo, minhas emoções, meus gostos, desejos, direitos e méritos. Meu passado, presente e futuro, coloco nas mãos dele..

Quanto mais vou me desfazendo de mim, mais vou sendo refeita. Mais "eu" me torno na medida que sou mais Ele.

É nele que está quem sou de verdade. E não no meu casamento ou na minha submissão. Essas coisas são sombra.

Casamento é viver junto aqui neste planeta, partilhar a vida e tudo mais. Mas casamento é mais transcendental que isso, é uma imagem refletida no espelho, não perfeita nem plena, mas, ainda assim, um reflexo de algo maior.

Ser esposa é um tanto de papel e tarefas que o dia a dia nos impõe, mas é mais que isso. É um tanto de relacionamento e pessoas pra gente se importar, mas é mais que isso.

Somos uma demonstração do Cristo, uma vida de entrega mútua, assim como Ele se entregou. Uma vida de deixar o passado para se unir um com o outro, a fim de nos tornarmos um. Assim como Ele é.

É alcançar com graça assim como fui alcançada. É perdão, é misericórdia, é milagre.

Deus não me fez mulher à toa. Sou dotada de inteligência, força, vontade e emoções. Ele me fez mulher para revelar ao mundo o Seu auxílio arrebatador em tempos de necessidade extrema.

Ser submissa não é ser um fantoche, fadada aos mandos e desmandos de um cônjuge. Não sou acessório. Ser submissa é ser rendida ao Cristo, o Marido, o Noivo e, por causa dele, construo meu lar em alicerces do relacionamento — não em disputa pelo comando. É um lugar ativo, de decisão.

Só que, ao mesmo tempo, é um lugar de vulnerabilidades. Em tempos que a importância de ser vulnerável tem sido redescoberta (finalmente), eu me permito expor minhas fraquezas e necessidades. Me abro para ser cuidada, abraçada, protegida, por mais que eu pense ser minha própria suficiência.

A você, querida irmã, que acha que seu mérito está em ser uma esposa ideal, olhe para Jesus. É nele e por Ele que somos salvas. A você, minha querida irmã, que acha que seu mérito está na sua independência de qualquer outra pessoa, olhe para Jesus. É nele e por Ele que somos salvas.

Oh, e como precisamos de salvação!

A ESPOSA SUBMISSA é citada por Paulo aos Efésios e Colossenses e por Pedro, em sua primeira carta. Ambos os apóstolos orientam os fiéis — e não apenas as esposas — em questões de conduta e relacionamento. Vale lembrar que a submissão bíblica não é ser subjugada em um relacionamento abusivo/violento. Precisa de ajuda ou conhece alguma mulher que precise? DISQUE 180.

Jovem corpo quente

Por **Débora Otoni**

"Saúdem os irmãos de Laodiceia, bem como Ninfa e a igreja que se reúne em sua casa."

Colossenses 4:15

Jovem, como essa nova coisa que está tomando corpo aqui.
Corpo.
O meu tão à flor da pele, tão cheio de sentidos e vigor.
O nosso mesmo que às vezes tão abatido, tão frutífero.

As dificuldades e o desconhecido não puderam impedir a
força do movimento.
As palavras e as divergências tentam abater nossos
sentidos,
mas foi por causa daquele corpo, oh, o corpo do Cristo,
pelo qual vivemos e andamos.
Por causa daquele corpo ferido, podemos constituir um
corpo sarado e unido,
mesmo que por quilômetros separados.

Escondidos naquele corpo ressuscitado. Perdoados e
vestidos de novo, de algo novo.
Andamos perdoando e revestidos de novidade. Uma vida
que transmite paz e bom ânimo.
Bondade e gratidão.
Seja o comer, ou o beber, ou qualquer outra coisa, tudo
fazemos nele e por Ele,
e para Ele.

Este corpo, minha casa, são chão de um mundo novo.
Algo está acontecendo aqui dentro de mim e bem no meio
de nós.
Para que sejamos sábios com nosso tempo, nosso coração e
nossas palavras.
Meu teto é abrigo e guarida para aqueles que se tornaram
família conosco
por causa daquele corpo.
Meu corpo jovem se mantém quente e presente,
para que não haja entre nós mornos ou indiferentes.

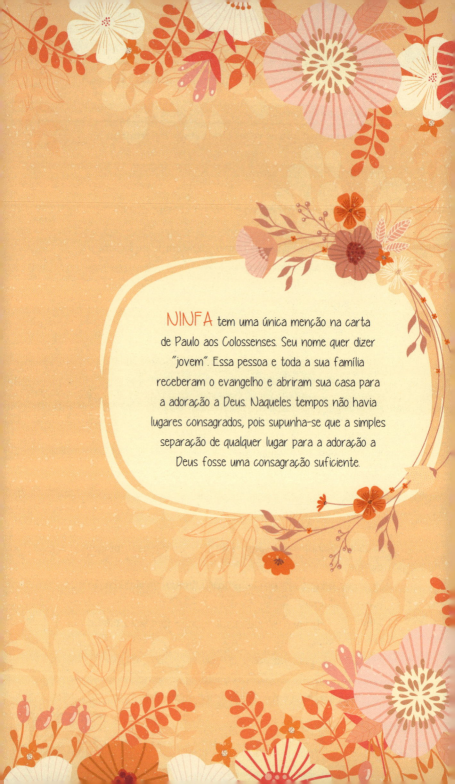

NINFA tem uma única menção na carta de Paulo aos Colossenses. Seu nome quer dizer "jovem". Essa pessoa e toda a sua família receberam o evangelho e abriram sua casa para a adoração a Deus. Naqueles tempos não havia lugares consagrados, pois supunha-se que a simples separação de qualquer lugar para a adoração a Deus fosse uma consagração suficiente.

É daqui que eu vim

por **Leane Barros**

"Trazendo à memória a fé não fingida que em ti há, a qual habitou primeiro em tua avó Lóide, e em tua mãe Eunice, e estou certo de que também habita em ti."

2 Timóteo 1:5

Nossa família tem o costume de se juntar à mesa e, antes das refeições, relembrar histórias que vivemos pela bondade e misericórdia do Senhor. Minha mãe falava de sua mãe; hoje, eu à mesa falo dela. Espero viver de tal maneira a honrar nosso mestre para que meu filho Timóteo tenha sempre fresco na memória a fé que nos acompanha por gerações.

Minha amada Lóide sempre foi uma referência para mim, mulher forte e sábia, que nunca fugiu da labuta, era comum ver mamãe engomando roupas de suas patroas até tarde e, pela manhã, pondo outras pra quarar ao sol. Ainda assim, tinha tempo para nós, para os outros, para a igreja que avança. Dona de uma sabedoria inigualável, tecida na simplicidade e temor do Senhor, mamãe nunca deixou de nos abençoar com seus conselhos, suas refeições saborosas e risadas fartas. Podíamos ter pouco, mas sempre me senti afortunada em sua presença. Com ela aprendi a estender a mão ao aflito, a acolher com verdade, partilhar com amor, escutar com ouvidos atentos e regados de compaixão. Ela me ensinou a não temer nenhum mal, a romper os desafios, não abaixar a cabeça, pois Deus sempre está comigo. Sua presença preenchia qualquer lugar que chegasse, sempre tão agradável, vem dela a noção de que ao cuidar da família é preciso transformar uma casa em lar.

Ainda me lembro como se fosse hoje, suas mãos passando sobre a toalha da mesa, ensaiando ritmos que acompanhavam a cantoria comum entre nós e, se fecho meus olhos, sou capaz de relembrar com detalhes seus cabelos alinhados, seu olhar sereno e a sua voz a entoar: "Se paz a mais doce me deres gozar, se dor a mais forte sofrer, oh seja o que for, tu me fazes saber que feliz com Jesus sempre sou... Sou feliz, com Jesus, sou feliz com Jesus meu Senhor." E eu sabia que não era um canto da boca para fora, mamãe era a personificação desse hino. Que saudade que me dá.

Hoje sou eu que ponho à mesa e, por vezes, ainda espero que ela venha se sentar para fazermos o culto doméstico, mesmo sabendo que ela já não vem mais e está com o seu desejado e amado mestre. Trago à memória seu jeito, seus feitos e a fé inabalável, vivo e prosseguido em seus conselhos, quando a lida aperta e me perco, recobro o prumo em Deus por me lembrar que é de Lóide que eu vim.

Dou graças a Deus por Timóteo ter podido conhecê-la. Minha ardente oração é que eu possa sempre amar e obedecer ao Senhor, que seus louvores nunca se apartem de minha boca, que minha presença revele o amor de nosso bondoso Pai, assim como a presença de mamãe revelava para mim. Ela não tinha ouro nem prata para me dar, e nem precisava, me deu o bem mais precioso: ensinamentos e exemplos reais de como ter uma vida no Senhor.

Agora é ele quem me observa à mesa. Dia desses me peguei passando a mão sobre a toalha da mesa enquanto entoava um hino como ela, espero que as virtudes que ela adquiriu no Senhor estejam em mim e tantas outras mais, para que Timóteo, como eu, possa exclamar: "É daqui que eu vim!"

Eu vim de Lóide. Timóteo veio de mim. Nós viemos de Deus pai.

Que ele nunca se esqueça. Amém.

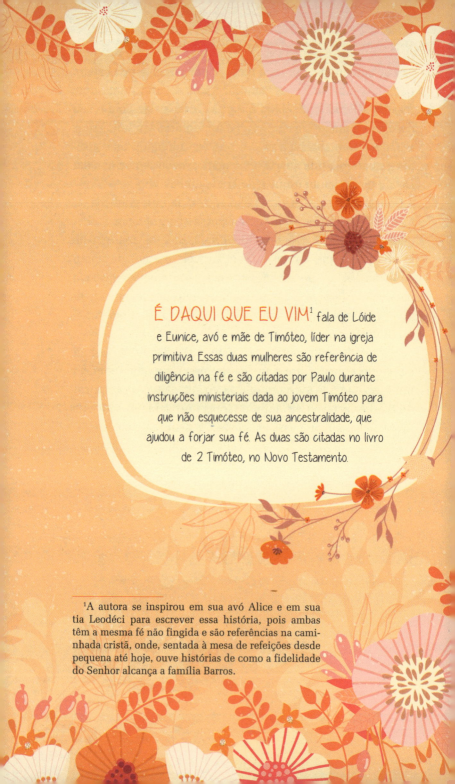

É DAQUI QUE EU VIM[1] fala de Lóide e Eunice, avó e mãe de Timóteo, líder na igreja primitiva. Essas duas mulheres são referência de diligência na fé e são citadas por Paulo durante instruções ministeriais dada ao jovem Timóteo para que não esquecesse de sua ancestralidade, que ajudou a forjar sua fé. As duas são citadas no livro de 2 Timóteo, no Novo Testamento.

[1] A autora se inspirou em sua avó Alice e em sua tia Leodéci para escrever essa história, pois ambas têm a mesma fé não fingida e são referências na caminhada cristã, onde, sentada à mesa de refeições desde pequena até hoje, ouve histórias de como a fidelidade do Senhor alcança a família Barros.

Um e iguais

Por **Débora Otoni**

"Não há judeu nem grego, escravo nem livre, homem nem mulher; pois todos são um em Cristo Jesus."

Gálatas 3:28

"[...] à irmã Áfia, a Arquipo, nosso companheiro de lutas, e à igreja que se reúne com você em sua casa [...] porque ouço falar da sua fé no Senhor Jesus e do seu amor por todos os santos. Oro para que a comunhão que procede da sua fé seja eficaz no pleno conhecimento de todo o bem que temos em Cristo."

Filemon 1:2,5-6

Esta era uma carta sobre um escravo que ao se encontrar com o Cristo quis se reconciliar com seu senhor. O endereço da nossa casa. A referência a nós dois, Filemon e a mim.

Algo estava tomando lugar enquanto Paulo, o mais livre de todos os presos, nos libertava das amarras do pensamento vão.

A esposa tratada como igual. O escravo tratado como irmão.

Neste mundo onde escravidão e subserviência ainda eram (são) o jeito de fazer as coisas.

Lá vem as Boas Novas dizerem que não tem ser humano de segunda classe. Diante do Cristo e do Corpo todos têm valor, voz, vez, vida.

O escravo, o livre, o homem, a mulher... Qualquer raça ou sotaque. O que manda, o que obedece. O abastado de bens, o miserável. O lúcido e o necessitado de cuidados especiais.

Diante dele não há desigualdade. E nós, que somos seus filhos e filhas, cooperadores e cooperadoras, devemos tratar a qualquer ser humano assim.

Dignos. Merecedores. Eternos.

Todo ser que respira deve lhe dar louvor.

E lhe damos louvor, dando respeito e cuidado a todo ser que respira.

Em amor,
Áfia.

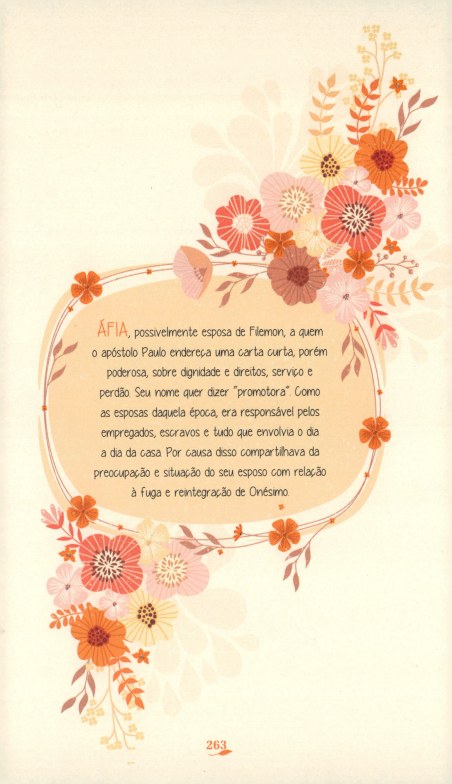

ÁFIA, possivelmente esposa de Filemon, a quem o apóstolo Paulo endereça uma carta curta, porém poderosa, sobre dignidade e direitos, serviço e perdão. Seu nome quer dizer "promotora". Como as esposas daquela época, era responsável pelos empregados, escravos e tudo que envolvia o dia a dia da casa. Por causa disso compartilhava da preocupação e situação do seu esposo com relação à fuga e reintegração de Onésimo.

Café coado, pão de queijo e uma conversa necessária

Por **Raquel Araújo**, com participação de sua avó **Ilka Otoni**

"Quanto às mulheres idosas, semelhantemente, que sejam sérias em seu proceder, não caluniadoras, não escravizadas a muito vinho; sejam mestras do bem, a fim de instruírem as jovens recém-casadas a amarem ao marido e a seus filhos, a serem sensatas, honestas, boas donas de casa, bondosas, sujeitas ao marido, para que a palavra de Deus não seja difamada."

Tito 2:3-5

Esta é uma conversa real. Ela aconteceu entre eu, Raquel, 32 anos, e minha avó, Ilka, 83 anos. Isso foi no dia 6 de junho de 2022. Inspiradas pela carta de Paulo a Tito, perguntei algumas coisas para minha vó e ela me respondeu de coração. Algumas histórias eu ouvi pela primeira vez. Nem tudo está descrito por completo, algumas coisas vão ficar só entre a gente, na memória.

Quando combinei com minha vó de conversar e lhe disse do livro e das mulheres de Tito 2, ela foi se debruçar no texto e em comentários bíblicos, mesmo com as vistas já cansadas. Em uma agenda, ela fez algumas anotações. Tudo começava com "Deve haver um paralelo entre a verdade e a vida".

Dona Ilka é viúva desde 2008. Meu avô Max faleceu cercado por ela e pelos filhos, cantando "Sou feliz com Jesus". Ele se converteu poucos anos antes de morrer. Na maior parte do casamento, apenas minha vó era cristã. Ela trabalhou fora por um bom tempo desde que casaram. Tiveram cinco filhos — dos quais a segunda é minha mãe, Mirna.

Depois deste curto contexto sem linha cronológica, eis nossa conversa. Deixei majoritariamente as falas dela. Quando tiver alguma pergunta minha, estará em itálico, para você diferenciar. Até porque, você é nossa convidada nesta mesa.

Eu pensava que deveria ser uma esposa fiel, sempre dedicada, ornando minha casa com alegria, além de manter tudo em ordem. Não consegui tudo o que devia. Dessa lista, só consegui ser sempre fiel.

Na caminhada diária, é muito difícil a gente acompanhar o sonho que a gente tem de fazer tudo, o melhor possível e atingir o alvo necessário. Mas no dia a dia é muito difícil conseguir tudo isso.

São muitos os leques que se abrem: as obrigações, os filhos, o marido, os afazeres domésticos, o trabalho. Tudo isso impediu a minha caminhada de ser uma esposa ideal.

E o que seria uma esposa ideal?

Na verdade, não existe uma mulher que seja a esposa ideal. O que existe é uma expectativa de que sejamos uma. Uma mulher que fosse 24 horas dedicada ao esposo e aos filhos, pronta a servir, a demonstrar amor, carinho — o que muitas vezes a gente não consegue.

Você era cobrada a ser assim por alguém?

Meu marido nunca me cobrou tudo isso. Mas eu imaginava que esse fosse meu dever de cristã. Atingir tudo isso com perfeição. Mas a perfeição é utópica. Não é isso que a Bíblia propõe. Quando você busca perfeição numa área, você deixa a desejar em outra área. E isso leva a mulher à frustração.

Por isso, toda minha ansiedade, resultante do sonho frustrado de ser a tal esposa ideal, eu tive que colocar aos pés do Senhor. Ele que nos dá satisfação, mesmo que imperfeitas, no pouco que a gente consegue fazer.

Como foi esse caminho da utopia até entregar esse sonho inatingível a Jesus?

Muitas vezes eu deixava pra lá, tentava não me cobrar, tentava passar uma borracha, esquecer... Era o que eu pretendia, mas não conseguia. Por isso, senti culpa muitas vezes, mesmo tentando passar essa borracha.

Deus sabe muito bem que a gente não consegue, Ele sabe das nossas limitações. Eu vejo que muita coisa eu poderia ter feito diferente — na hora que eu deveria ter feito. Eu poderia ter dado o melhor de mim, mesmo que não fosse os 100% que eu almejava.

Como a senhora entendia o "ser submissa" antes do vô converter?

Ele entregou a mim a direção espiritual da casa e dos filhos. Eu nunca deixei de orar por ele, mesmo contra a vontade dele. Quando eu errava com ele, eu pedia perdão. Eu tinha minhas convicções, minhas tomadas de decisão. Errei muito porque eu era impetuosa, queria decidir muitas coisas sozinha, sem envolver ele nas decisões. Isso não era correto. Mas, mesmo errando, o respeito sempre existiu. Eu conseguia ver meus erros na história também.

Agora, eu não era subserviente. Deus nos fez para sermos idôneas. Isso é pra todos os momentos. Ser idônea é ser competente e íntegra. Então, tenho capacidade pra decidir, mas tomamos decisões juntos, respeito a opinião dele, ouço o que ele tem a dizer e o que ele tem de planos pra gente. Eu tinha que dar a ele o lugar de sacerdote, mas eu o atropelei por muitas vezes. Hoje já é tarde. Quem está vivendo o casamento, aproveite a oportunidade e aja de maneira diferente.

Vó, hoje em dia, a gente que está vivendo o casamento e a maternidade é bombardeada nas redes sociais por mulheres que se mostram como mães e esposas perfeitas — até os defeitos delas são bons e justificáveis. Como a gente faz pra tentar dar o nosso melhor, mas sem nos pressionarmos e aumentarmos nossa culpa pela comparação?

Tudo que não é verdadeiro, é fachada, é hipocrisia. Ninguém consegue tudo, ninguém tem família ou filhos perfeitos. Nós não temos nada. Vamos conseguindo acertar passo a passo. De vitória em vitória. A santificação é um processo. A nossa vida é um processo.

A nossa imagem verdadeira é a melhor coisa, porque nos dá liberdade, transparência sadia, e não nos tornamos escravas daquilo que a gente quer e pretende ser — a tal perfeição.

Temos que deixar nossas máscaras caírem todos os dias pra vivermos em paz com a gente mesmo. Sempre buscando em Deus o que Ele quer pra nós. Deus é quem nos leva à vida que Ele quer pra nós: vida leve, vida simples, vida sadia.

Hoje, aos 83 anos, sendo mãe, avó e bisavó, quero ser exemplo e deixar um legado de fé, dignidade e coerência para os meus.

E como lidar com quem não quer seguir esse exemplo?

Tenho que buscar entender que cada um tem sua personalidade. Eu faço a minha parte. Se eles querem me receber como exemplo de vida — aí cada um tem um pensamento. Nas minhas imperfeições ("frisa isso") eu procuro deixar alguma coisa boa pra minha posteridade. Vida espiritual, exercício físico, alimentação, cultivar as amizades, tudo isso é lição.

A senhora sempre trabalhou fora. Como equilibrar a vida familiar e profissional?

Muitas vezes, a gente gosta tanto e se dedica tanto à profissão que nossa casa fica abandonada — aconteceu comigo. A gente chega cansada, precisando fazer as coisas, mas sem coragem, sem força. A gente precisa ter muita sabedoria e muito equilíbrio pra que os relacionamentos não fiquem à deriva.

É muito perigoso deixar a profissão ser mais importante que os relacionamentos. A profissão tende a nos prender muito. A gente tem convívio com os colegas do trabalho, e é muito bom, a gente se sente bem. Mas a saturação em relação à casa acontece e prejudica demais o relacionamento. Precisamos de muita sabedoria pra não sermos "perfeitas" na profissão e abandonarmos nossa casa.

Quando eu aposentei, o Max até passou a orar audível na igreja, de tão feliz que ele ficou. Eu aposentei aos 60 anos e queria continuar trabalhando, mas não era mais hora. Mesmo com meus filhos criados. Eu tinha um débito em casa.

E pra quem fez escolha errada? Não que tenha casado com um cara ruim ou abusivo, mas as vezes alguma mulher que está arrependida de ter casado com quem casou.

Jovens que se casam e depois se arrependem: busquem ajuda. Pior coisa quando a gente casa sem a bênção e orientação do Senhor. Porque é um conflito constante.

Em pouco tempo de casada, entrei em crise conjugal. Não tinha nem filhos. Foram problemas minúsculos do dia a dia, mas que me levaram a uma crise muito grande. Eu pensava que o casamento seria como era o namoro. Eu fiquei frustrada e até desconfiada do meu marido.

Foi quando minha irmã Ilma me mandou um cartão, do nada. Nele estava escrito 1 Pedro 5.7: "Lançando sobre ele toda a vossa ansiedade, porque ele tem cuidado de vós". Aquilo me mudou, me transformou o coração, me abriu a mente, me deu alegria. Eu confiei nessa palavra. Quando Max chegou em casa naquele dia, eu já era outra pessoa. Estava em paz.

Sabe, minha nora Lúcia fez uma colocação interessante. O casamento é como um eletrocardiograma. As ondas sobem e descem. E se está estável é porque já morreu.

Vó, e quem está em uma relação de subserviência achando que isso que é o certo?

Sabedoria acima de tudo. Mulher não é escrava. Somos criadas para andar ao lado do marido. Não é debaixo. É muito difícil, mas tem que se construir, passo a passo, o diálogo. Não adianta eu ser a perfeita dona de casa e não ser feliz. Não adianta a casa estar perfeita pra hora que o marido chega, mas a esposa nem quer que o marido chegue em casa.

Isso é viver de máscara. Precisa reconstruir. Subserviência não é uma vida verdadeira. O marido é o cabeça? É, mas ele tem que trabalhar para um bem comum, não para que eu me sinta na obrigação de ser perfeita e não ser feliz. Como ela é "dona de casa" sem ser dona, sem liberdade, sem o prazer de dar prazer?

Como desenvolver vida com Deus no meio disso tudo? Com tantos afazeres, nesse mundo doido e corrido... Como dar conta da vida com Deus?

Todos nós temos tendência de querer fazer tudo, menos o que agrada ao Senhor. Quando eu busco ao Senhor em primeiro lugar, consigo fazer todo o resto. Mas buscar Ele como prioridade não acontece sempre na vida. Tem uma infinidade de coisas que nos levam a deixar Deus pra depois — e o depois não chega. Isso é tão prioritário que nosso dever e maior prazer tem que ser buscá-Lo em primeiro lugar.

Eu, na minha idade, muitas vezes, deixo pra lá meu momento com Deus. Como faz falta. Deus quer esse tempo com a gente, mas temos um comodismo tão contrário que fica perigoso. Meu conselho é que todos nós, inclusive eu, tenhamos isso como prioridade. Porque realmente todas as coisas são acrescentadas. Isso é uma verdade verdadeira.

Tem algum conselho final, vó?

Eu não tenho cumprido isso de ser "mestra do bem" como eu queria, de ser ativa na busca das mais novas (e dos meninos também). Eu fico esperando alguém vir até mim e nem sempre isso é certo. Este é o conselho que deixo pras mais velhas: tenham mais sensibilidade de ver as necessidades das mais novas. O que você vivencia hoje com 30 anos, no seu casamento e maternidade, já é um ensino para as mais novas que você. Não precisa esperar ter 80 anos como eu.

No dia da nossa conversa, o clima de Vila Velha, cidade onde moramos, estava frio. Ambas agasalhadas, cada qual com sua xícara de café na mão. Depois de conversarmos, aproveitamos pra tirar um bom cochilo. Havíamos vivido momentos simples, mas eternos. O coração estava pronto para descansar.

Ah, o clássico pão de queijo da Ilka não tinha no dia, mas antes de eu ir embora ela finalmente me passou a receita.

AS MESTRAS DO BEM são as senhoras idosas orientadas a discipular as mulheres mais jovens com suas palavras e ações. Elas são citadas na carta de Paulo a Tito sobre as questões da igreja plantada em Creta.

Uma breve carta

por **Raquel Araújo**

"O presbítero à senhora eleita e aos seus filhos, a quem eu amo na verdade e não somente eu, mas também todos os que conhecem a verdade, por causa da verdade que permanece em nós e conosco estará para sempre, a graça, a misericórdia e a paz, da parte de Deus Pai e de Jesus Cristo, o Filho do Pai, serão conosco em verdade e amor."

2 João 1:1-3

Querido amigo, irmão e apóstolo,

Muito obrigada pela sua carta. Mesmo que breve, ela foi acalanto para nosso coração. Temos muitas saudades suas. A semente que você plantou em nós tem florescido.

Você sabe melhor do que eu que criar filhos não é fácil. Talvez, o parto seja a parte mais tranquila. O crescimento demanda tempo e energia que nem todos têm disponível. Ainda mais quando crescer, no nosso caso e em nossa casa, implica em algo tão simples, mas tão intrigante: o amor.

Ensinar um amor que anda de mãos dadas com a verdade, a graça, a misericórdia e a paz, simultaneamente, tem sido nosso intuito. Viver o amor que é Cristo, que se entrega até o último respiro.

Ah, querido amigo, que nossas vidas sejam um reflexo do nosso amado Jesus. Que minhas irmãs, espalhadas pelo mundo, sejam fortalecidas neste amor, para que as diferenças que temos umas das outras não nos afastem.

O que importa e o que nos une é que creiamos naquele que nos enviou. No evangelho que Ele nos ensinou. Na cruz que conquistou e na vida eterna que nos prometeu.

Algumas de nós estão sofrendo perseguições terríveis, você bem sabe. Outras, como soube, estão em tempos de liberdade. Que nem a dor nem a bonança nos afaste do caminho. Que nada nos impeça de permanecer no Pai.

Minha carta será igualmente curta. Mas creio que nosso amor excede a brevidade das palavras.

Com alegria completa me despeço, esperando nos reencontrarmos uns com os outros e, mais ainda, reencontrarmos com nosso Senhor.

A SENHORA ELEITA, autora de *Uma breve carta*, é a destinatária da segunda carta do apóstolo João. Existem algumas possíveis interpretações para sua identidade. Aqui, usamos a possibilidade dela se referir à igreja.

O último casamento

Por **Raquel Araújo**

"O Espírito e a noiva dizem: 'Vem!'"
Apocalipse 22.17

Este é o fim.

Tudo que deveria ser feito se fez.

Tudo que poderia ser vivido se foi.

Guerras. Sangue. Dor. Morte.

Meus olhos não eram mais capazes de ver tanta desolação.

Minhas lágrimas escorriam ruborizadas pela minha pele, queimando de angústia por tanto tormento.

O som das bombas ecoava pelos meus ouvidos por tempos e tempos após sua explosão.

Não bastassem guerras externas, nosso corpo gemia.

O cheiro de doenças que ressurgiam em nossos corpos entupia minhas narinas.

Podridão. Corpo moído. Ferido. Exausto.

Alma exaurida.

Emoções desgovernadas nos afligiam sem piedade.

Medo de gente. Medo de solidão.

Terror do passado. Do presente. Do futuro.

Vontade de sair correndo, mas vontade de se esconder.

Os montes eram nossa esperança. "Caiam sobre nós!"

Corações insatisfeitos.

Precisávamos de incontáveis deuses e afetos para nos preencher.

Para tentar nos preencher.

Nem a natureza escapou ao ápice da consumação.

Este mundo, nossa casa, cambaleava como um bêbado que havia se entorpecido para não ver as maldades ao seu redor.

Ele nos vomitava, como quem expulsa um morador indesejado.

Cada pedaço da criação urrava pelas dores que lhe foram causadas.

Que nós lhe causamos.

E na sensação de que tudo explodiria a qualquer instante, irrompe a maior das batalhas.

O inimigo de nossas almas se levantou para um último golpe.

Ele veio sedutor, com suas multidões, tais como gafanhotos.

Eu já não sabia mais quem eu era. Estava sitiada.

Era eu o campo de batalha.

Até que dos céus veio um estrondo.

Fogo consumidor.

Um incêndio que sufocou minhas dores.

Que purificou minhas impurezas.

Que me libertou dos inimigos.

Enquanto as chamas queimavam, eu não me deteriorava mais.

Meus olhos não ardiam. Pelo contrário.

Eu via. E via o Trono e O que nele se assentava.

E enquanto meus olhos não saíam dos Seus, eu era feita nova.

Enquanto os olhos dele não saíam dos meus, não havia mais luto e nem dor.

Ao invés de lágrimas, agora há em mim um rio cristalino.

Ao invés de feridas, pedras preciosas.

Ao invés de terra desolada, eu era Noiva.

Brilhando na glória dele. Saciada pela vida dele.

Ele habita em mim. Comigo.

Pra sempre.

O Espírito e a Noiva dizem: vem.

E este será o começo.

O ÚLTIMO CASAMENTO será as bodas do Cordeiro com sua noiva, a Igreja, no final dos tempos, como descrito pelo apóstolo João em Apocalipse.

As autoras

🌼 **Amanda Costa**, 25 anos, ativista climática, #ForbesUnder30, hoje atua como jovem conselheira do Pacto Global da ONU, diretora executiva do Instituto Perifa Sustentável e apresentadora do Programa #TemClimaPraIsso? Fã de batata frita com sorvete, evangelismo raiz e livros românticos, acredita que é possível ter uma vida de impacto e viver a plenitude da sua juventude. <3

@souamandacosta

🌼 **Ana Beatriz Paes**, nascida e criada em São José dos Campos (SP), beletrista pela Unicamp e residente de Essen (Alemanha), onde trabalha como professora de idiomas. Assiste comédias românticas em excesso, tenta aprender músicas no violão incompatíveis com sua habilidade e, nas horas vagas, está na igreja fazendo bolo para o café nas reuniões.

@anabpaes

🌼 **Ana Staut**, belo-horizontina, escritora e artista plástica. Membro da Igreja Esperança em BH, é casada com Bruno e formada em jornalismo. Além de estudar e compartilhar sobre saúde mental, vida cristã e relacionamentos, também é autora de *Fortes e Fracos*, um livro sobre o enfrentamento da ansiedade e depressão sob uma perspectiva cristã.

@ana.staut

🌼 **Andreia Coutinho Louback**, 31 anos, mulher negra e carioca morando na Califórnia. É jornalista, ambientalista e especialista em justiça climática. Casada com Lucas Louback há quase oito anos, juntos têm um doguinho chamado Paçoca. Ama intensamente o Evangelho, a pedra angular que estrutura toda a vida e suas escolhas. Ora brisa, ora tempestade, ela é um caos confesso – e (extra)ordinário!

@andreiacoutinho.l

Débora Otoni, 35 anos, mineira, escritora, produtora, mãe de três e inquieta. Também é a criadora e curadora deste projeto, que começou com *De Eva a Ester* (2020). Casada com o cantor e compositor Marcos Almeida, reside em Vila Velha (ES) com saudade de São Paulo, mas muito grata por ter sobrevivido ao furacão que passou pelo mundo, chamado Covid-19!

@debora.otoni

Elisa Cerqueira, 36 anos, carioca, morando na Austrália. Escritora, professora e mais um monte de coisas, é formada em Turismo e estuda Teologia. Gosta de escrever textos que guardam vários significados. Ama um bom café e se conectar com pessoas. Não tem muita paciência com redes sociais e acredita que deveríamos estar dispostos a estudar sobre nossa fé, renovar nossa mente e mudar de ideia quando necessário.

@ecerqueira.lisa

Jaquelini de Souza, 36 anos, "cearense da gema". Historiadora e doutora em Teologia pela Faculdade EST. Escreveu sobre a primeira igreja protestante do Brasil, a potiguara no séc. XVII. Vive em Iguatu (CE), onde é professora no curso de Ciências Econômicas na URCA. É liderança leiga da Comunidade Luterana São Lucas em Iguatu, que nasceu e ainda se reúne na sua casa.

@jaquelinidesouza

Juliana Santos, 30 anos, paulista orgulhosa, que ama andar por SP e admirar a cidade agitada e cheia de surpresas. Pedagoga, tem um genuíno amor em exercer sua profissão. Casada com Icaro e filha do Carlos e da Angela (*in memoriam*), ama suas raízes e vive cercada de seus amigos. Atualmente, tem se empenhado em um projeto com mulheres em vulnerabilidade social, auxiliando em uma comunidade na cidade em que reside.

@juju_jus_

Karine Oliveira, 45 anos, mineira, dona de um cérebro colorido onde *tudo pode virar um conto*. É escritora, violinista de orquestra sinfônica e neuroeducadora. Esposa do maestro Joanir (o digníssimo!), mãe da Karol e do Gabriel (que está no céu com Cristo). Compartilha contos e crônicas em suas redes e, atualmente, está envolvida em projetos literários que em breve ganharão o mundo.

@karineoliveira.eu

Katleen Xavier, 32 anos, casada, paulistana, biomédica de formação e artista de coração. Por muitos anos, fez teatro, dança e canto, mas resolveu se aventurar na área da saúde, onde trabalha diretamente com vidas. Acredita em sonhos e deseja ver o mundo se transformar em um lugar melhor para seus filhos Davi, Ana e Laura, pelos quais nunca deixará de lutar.

@katleenxavier.books

Leandra Barros, 40 anos, canela-verde, mora em Vitória (ES). "Parideira" de textos, já foi desde voluntária da ONU à assessora especial do governo de seu estado, passando por mobilizadora social etc. Jesus salvou sua vida aos 8 anos e seu corpo aos 14, ao curá-la da Síndrome de Stevens-Jonhson. Solteira e feliz por enquanto, até encontrar (ou não) alguém com quem possa ser "feliz para sempre".

@donaleandra

Leane Barros, 38 anos, capixaba, artista plástica, escritora, fotógrafa e professora. Especialista em artes, acolhimento, hospitalidade e gerenciamento saudável de tempo e produtividade. Atua voluntariamente com ensino na ONG Avalanche. Ama falar de seus avós: pastor Leopoldo, dona Alice, Comandante Araújo (os três *in memoriam*) e dona Valdete. Tem o cão mais maneiro dessa Terra, Ragnar.

@leane.abarros

Luiza Amâncio, 20 anos, carioca, estudante. Criada na zona norte do Rio de Janeiro, cresceu sob os cuidados de duas grandes e amorosas mulheres: dona Elizabete, sua mãe, e dona Francisca, sua avó (*in memoriam*). Ama os amigos e a música brasileira. Entre seus artistas preferidos estão João Manô, Julhin de Tia Lica, Samuel Palmeira e Calmará.

@inluiza

Mari Aylmer, 30 anos, é administradora, sócia em uma consultoria de empresas e, em breve, doutora em desenvolvimento ético de lideranças. Vem de uma família grande e musical, ama cantar e compor, cozinhar, viajar e receber gente amada. É casada com o Thomas e hoje mora em Buenos Aires. Anseia viver em resposta ao que Deus fez e tem feito por ela.

@mari_aylmer

Natalia Assunção Lago, romancista, roteirista, professora e cantora lírica especialista em música de câmara brasileira e *bel canto*. Autora do romance *Resetar* e coautora de *Labirintos da Selva*. Formada em Canto Lírico pela Universidade Federal de Minas Gerais, com estudos no Royal Northern College of Music (Inglaterra). É casada com Davi e mãe da Maria.

@natalialagoassuncao

Priscila Gomes Souza, 37 anos, mineira, mas vive em Vitória (ES). Mãe da pequena grande Olívia, psicóloga por formação, estuda sobre perdas, resiliência e vulnerabilidade. Missionária e coordenadora do Projeto Ninho com Refugiados e Imigrantes, que existe junto com a Missão Avalanche. Leitora e escritora nas horas nada vagas, ainda quer aprender a tocar sanfona. Tem um cachorro chamado Costelinha.

@mundodepri

Raquel Araújo, 32 anos, meio mineira, meio capixaba. Graduada em Psicologia, com pós-graduação em Direitos Humanos e mestrado em Sociologia Política (não necessariamente nesta ordem). Raquel tem uma trajetória profissional variada, mas sempre trabalhando com pessoas vulneráveis – da clínica às comunidades, de Vila Velha ao Haiti. É casada com Douglas Costa, mãe de Marina (*in memoriam*) e Felipe.

@raquelaraujo

Sara Gusella é belo-horizontina, escritora e artista. Foi missionária na Jocum da Inglaterra durante dois anos e hoje congrega na Igreja Metodista de Carlos Prates (onde seu pai é pastor). É idealizadora da primeira feira de ficção cristã do país, a FEFIC e é autora de diferentes títulos de fantasia, entre eles *A Escolha do Verão* e *O Órfão da Cidade Escura*.

@autorasaragusella

Tâmara Damaceno, 36 anos, paulista de nascimento, carioca de coração e que aspira a ser mineira em algum momento da vida. É uma teóloga em construção e psicóloga com formação em Gestalt Terapia. Atualmente, trabalha como psicóloga, supervisora clínica, facilitadora de grupos terapêuticos e rodas de conversas sobre saúde mental com pessoas em situação de vulnerabilidade.

@tam.damaceno

Este livro foi impresso pela Eskenazi, em 2022, para a Thomas Nelson Brasil. O papel do miolo é pólen natural 80g/m² e o da capa é cartão 250g/m².